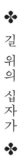

길 위의 십자가

길 위의 십자가

오늘 낙심한 그대에게 건네는 기쁨과 소망의 메시지

초판 1쇄 발행	2016년 6월 20일
지은이	최병성
펴낸이	송성호
편집	김영미
표지디자인	정은경디자인
인쇄	미르인쇄
펴낸곳	이상북스
출판등록	제313-2009-7호(2009년 1월 13일)
주소	03970 서울특별시 마포구 성미산로 5길 72-2, 2층.
전화번호	02-6082-2562
팩스	02-3144-2562
이메일	beditor@hanmail.net

ⓒ 최병성 2016

ISBN 978-89-93690-37-8   (03810)

이 도서의 국립중앙도서관 출판예정도서목록(CIP)은 서지정보유통지원시스템 홈페이지
(http://seoji.nl.go.kr)와 국가자료공동목록시스템(http://www.nl.go.kr/kolisnet)에서 이용하실
수 있습니다.(CIP제어번호: CIP2016012913)

길 위의 십자가

최민성 포토 에세이

오 늘 낙 심 한

그대에게 건네는

기 쁨 과 소 망

의   메 시 지

하나님의 십자가 편지

어느 날 길을 가다 십자가를 만났습니다. 사람들이 밟고 지나가는 보도블록 틈새였습니다. 허리를 숙이고 바라보다 '아, 주님 여기 계시군요'라는 깨달음과 동시에 눈물이 핑 돌았습니다. 주님은 멀리 계시지 않았습니다. 사람들의 발걸음이 분주히 오가는 바로 여기 우리 일상 속에 늘 함께하셨습니다.

그후 보도블록 틈새를 비롯해 돌계단에서, 바닷가 바위에서, 숲의 나무와 꽃에서 십자가를 만났습니다. 눈을 뜨고 보니 예수님은 나를 기다리고 있었다는 듯이 내 눈길이 머무는 모든 곳에서 십자가를 보여 주셨습니다.

2천 년의 시간이 흘러 빛바랜 십자가가 아니었습니다. 길 위의 십자가는 매일 새로운 모습으로 나를 찾아왔습니다. 내 생각과 상상을 뛰어넘는 아름다움으로 다가왔습니다. 세상에서 가장 아름다운 십자가는 길 위에 있었습니다.

예수님은 길가의 마구간에서 태어나셨습니다. 예수님은 어린 시절부터 광야의 길을 도망 다니는 신세였습니다. 예수님은 길에서 바디매오를 만나 눈을 뜨게 해 주셨고, 길을 가다 열두 해 동안 혈루증을 앓던 여인을 치유해 주셨고, 길에서 하나님의 말씀을 들려주셨습니다. 예수님은 길에서 태어나 골고다 언덕길을 십자가 매고 오르시며 길에서 생을 마친 '길 위의 예수'였습니다.

한평생을 길에서 사신 예수님을 길 위의 십자가를 통해 만나는 것은 너무도 자연스런 일이었습니다. 더 놀라운 것은 십자가 하나하나가 제게 말을 걸어 온 것입니다. 어떤 십자가는 하나님의 사랑과 넘치는 은혜를 들려주었습니다. 나를 위해 십자가를 지고 골고다 언덕을 오르시던 예수님의 신음소리가 들려오기도 했습니다. 때론 십자가를 지고 나를 따르라는 예수님의 생생한 음성이 들리기도 했습니다.

특히 길 위의 십자가는 한국 교회가 나갈 방향을 분명하게 보여 주었습니다. 요즘 많은 이들이 교회가 병들었다고 이야기합니다. 그 이유는 교회가 십자가를 잃어버렸기 때문이지요. 교회 종탑 꼭대기에 십자가를 달고 있으나 예수 십자가의 삶과 가치를 상실했기 때문입니다. 길 위의 십자가는 십자가가 단순히 교회의 상징이 아니라 우리의 삶이 되어야 한다고 외치고 있었습니다. 십자가는 건강한 교회로 거듭나기 위해 우리가 가야 할 길이라고 웅변하고 있었습니다.

다양한 모양과 풍성한 의미가 담긴 길 위의 십자가를 만나며 사도 바울이 왜 십자가만이 자신의 자랑이라고 고백했는지 이해되었습니다. 십자가를 어디에서나 발견한다는 것은 예수님의 눈과 마음을 소유하는 것과 같습니다. 예수님은 일상의 보잘것없는 작은 사물에서 하나님의 음성을 들었습니다. 들꽃 한 송이와 참새 한 마리에서 하나님 사랑을 노래했고, 작은 겨자씨 한 알에서 하나님의 나라를 찾아내셨습니다. 심지어 예수님은 그 작은 좀벌레를 통해 하늘의 보화를 들려주셨습니다. 언제나 하나님의 눈으로 사물을 바라보고, 모든 것 속에 담긴 하나님의 음성을 들었기 때문에 가능했던 것이지요.

하나님을 사랑한다는 것은 늘 하나님을 기억하는 것을 의미합니다. 하나님을 기억함이란 삶의 작은 사건과 모든 만남에서 예수님처럼 그분의 음성을 듣는 것을 말합니다. 이게 바로 하나님 앞에 깨어 있는 신앙입니다.

신학자 에르네스토 카르데날(Ernesto Cardenal)은 자연은 하나님이 우리에게 보낸 편지라고 강조했습니다. 우리가 매일 걸어가는 길에 십자가라는 편지를 하나님이 우리에게 보내주셨습니다. 이제 우리의 눈을 열어 하나님의 사랑이 듬뿍 담긴 그분의 편지를 읽을 수 있었으면 좋겠습니다. 하나님이 오늘 교회를 향해 길 위의 십자가 편지에 뭐라 써 놓으셨는지 함께 읽었으면 좋겠습니다.

이 책은 하나님을 만나길 간절히 원하는 사람들에게, 하나님의 은혜를 갈망하는 사람들에게 따뜻한 위로와 큰 힘이 될 것입니다. 이 책은 예수님을 따르는 삶을 고민하는 이들에게, 병든 한국 교회가 건강한 하나님의 교회로 거듭나는 길을 찾는 이들에게 좋은 길잡이가 되어 줄 것입니다.

십자가는 단순히 교회의 상징이 아닙니다. 십자가 안에는 하나님의 능력과 은혜가 숨어 있습니다. 십자가는 우리의 삶이요, 우리가 따라야 할 길입니다. 이 책을 통해 생명의 십자가를 새롭게 만나는 시간이 되기를 두 손 모아 기도합니다.

2016년 은방울꽃 향기 가득한 싱그러운 숲 속에서
최병성

2장 ◆ 변화로 이끄는 십자가

4장 ◆ 눈물의 십자가

"하나님을 믿기 위해
아직 또 다른 증거가 필요하십니까?
하나님이 나를 사랑하심을 확인하기 위해
또 다른 증거가 필요하십니까?
십자가를 바라보십시오.
나를 위해 피 흘리신 사랑의 하나님입니다.
십자가는 '나는 사랑이다'라는
하나님의 자기소개서입니다."

❖ 1장 ❖

은혜와 능력의

십자가

쉼으로의 초대

"십자가 그늘 아래 나 쉬기 원하네."

보도블록이 깨진 틈에서 작은 싹을 보는 순간 제 마음에 흘러넘친 찬송가였습니다.

많은 사람들의 거친 발걸음이 오가는 길이었지만, 보도블록 깨진 틈새 덕에 새싹은 안전할 수 있었습니다. 십자가를 생각하면 무거운 짐과 처절한 고통이라는 부정적인 느낌이 먼저 떠오릅니다. 그래서 십자가는 가까이 하기보다 피하고 싶은 불편함이라 여깁니다.

그러나 십자가는 '짐'이 아니라 '쉼'입니다. 십자가는 우리가 억지로 지고 가야 하는 무거운 짐이 아니라 세상으로부터 지친 내 영혼이 위로받고 안식하는 참된 쉼터입니다.

"수고하고 무거운 짐 진 자들아, 다 내게로 오라. 내가 너희를 쉬게 하리라"(마태복음 11장 28~30절). 이렇게 예수님은 수고하고 무거운 짐 진 자들을 쉼으로 초대하셨습니다. 예수님은 수고한 이들에게 쉼이 되어 주고, 짐 진 자들의 그 무거운 짐을 덜어 주는 사랑입니다. 그런데 우리는 흔히 십자가를 천국에 가기 위해 억지로 져야 하는 무거운 짐이요 귀찮은 일이라고 생각합니다. 복을 받기 위해 어쩔 수 없이 져야 하는 고통이라 여기는 것이지요.

쉼과 평안이 없는 이 세상에서 참된 쉼과 평화가 십자가에 있습니다. 예수님의 십자가에 따듯한 위로가 있습니다. 뜨거운 햇볕 아래 무거운 짐을 지고 가는 것 같은 고단한 인생길에서 십자가는 우리에게 쉼과 위로가 돼 줍니다. 예수님은 우리에게 쉼을 주시기 위해 십자가로 초대하고 계십니다. 예수님이 이미 당신의 십자가 안에 우리의 질고와 허물과 죄를 다 감당하셨기 때문입니다.

바닷가 모래밭에 찍힌 외로운 발자국을 보며 "내가 힘들 때 왜 나를 홀로 버려두었냐"고 예수님을 원망하는 이에게 "저건 네가 힘들 때 내가 너를 업고 간 발자국이다"라고 하셨다는 이야기가 있습니다. 내가 무거운 짐을 홀로 지고 가다 넘어져 고통 속에서 눈물 흘릴 때, 예수님은 "겨우 그 정도 가지고 넘어지냐"고,

"또 넘어졌냐"고 질책하시는 분이 아닙니다. 예수님은 "내가 네 눈물을 잘 안다" "나도 세상에서 홀로 무거운 십자가를 지고 갔기에 네 외로움과 한숨을, 네 고통과 눈물을 잘 안다"고 하시며 우리를 위로해 주십니다.

우리는 하나님이 늘 불편합니다. 그분의 전능하심이 내 숨겨진 허물과 부족함을 다 안다고 생각하기 때문입니다. 하나님의 요구와 기대에 다 응답하지 못한 나를 그분이 꾸짖을 거라 생각하기 때문이지요. 그러나 시편의 기자는 "주여, 주는 대대에 우리의 거처가 되셨나이다"(시편 90편 1절)라고 고백했습니다. 거처, 곧 집이란 세상에서 가장 편안한 곳입니다. 타인의 시선과 기대로부터 자유로운 곳이기 때문입니다. 어떤 옷을 입고 있어도, 씻지 않고 있어도 그저 편안한 곳이 집입니다.

'하나님이 우리의 거처가 되신다'는 말은 그분이 우리의 편안한 쉼터가 돼 주신다는 말입니다. 하나님 안에서 안식을 누릴 수 있기 때문입니다. 많은 이들이 하나님이란 존재를 불편해합니다. 다만 복을 얻기 위해 예배에 참석하고 헌금을 드리며 더 큰 복을 간구할 뿐입니다.

미국의 여성 맹인 작가 화니 제인 크로스비(F. J. Crosby, 1820~1915)는 우리를 바위 밑 안전한 곳으로 숨기시고 힘 주시는 예수님의

사랑을 이렇게 노래합니다(찬송가 391장).

오, 놀라운 구세주 예수 내 주 참 능력의 주시로다
큰 바위 밑 안전한 그곳으로 내 영혼을 숨기시네.
메마른 땅을 종일 걸어가도 나 피곤치 아니하며
저 위험한 곳 내가 이를 때면 큰 바위에 숨기시고
주 손으로 덮으시네.

우리를 바위 밑 시원한 그늘 아래 숨겨 주시고, 내 모든
무거운 짐을 벗겨 주시는 십자가로 당신을 초대합니다.

내가 의지할 기둥

내 몸 하나 바로 세울 수 없는 연약한 넝쿨입니다. 그러나 울타리를 의지하니 높은 곳으로 오를 수 있었습니다. 아무리 거센 바람이 불어도 넘어짐을 염려할 필요가 없었습니다. 내가 강해서가 아닙니다. 울타리가 내게 튼튼한 기둥이 돼 주었기 때문입니다.

나는 오늘 또 넘어졌습니다. 다시는 넘어지지 않으리라 다짐했지만 세상의 거센 바람 앞에 넘어지고 말았습니다. 무릎을 일으켜 세워 다시 달려가 보지만 거친 풍랑은 여지없이 나를 고꾸라트립니다. 내가 넘어졌을 때, 예수님은 왜 그것밖에 되지 않느냐고 꾸중하지 않으셨습니다. 또 실패했느냐고 질책하지도 않으셨습니다. 그분은 따뜻한 손을 내밀며 나를 잡으라고 하십니다. 여기 튼튼한 기둥인 나를 붙들고 의지해 다시 일어서라

며 등을 내밀어 주십니다.

넘어짐을 반복할 때마다 "하나님, 다시 잘해 볼게요"라고 다짐합니다. 그러나 우리에게 필요한 것은 앞으로 더 잘해 보겠다는 다짐이나 더 열심히 믿어 보겠다는 결단이 아닙니다. 우리는 신앙생활을 해 오며 얼마나 자주 각오를 새롭게 다져 왔습니까. 한 해를 보내고 새해가 시작되면 어김없이 올해는 좀 더 열심히 믿어 보자고 다짐합니다. 그러나 몇 걸음 나가기도 전에 넘어지는 게 우리들입니다.

오늘 우리에게 필요한 것은 새로운 결단이 아니라 예수 그리스도의 십자가를 꽉 붙드는 것입니다. 십자가만이 내 삶의 든든한 기둥이기 때문입니다. 아무리 거센 바람이 불어와도 십자가를 꼭 붙들고 있으면 넘어지지 않습니다. 세상의 그 어떤 것도 십자가와 하나 된 나를 넘어트릴 수 없습니다. 십자가와 하나 되어 있을 때, 십자가의 능력이 곧 내 능력이기 때문입니다.

사도 바울은 고린도전서 1장 23절에서 "우리는 십자가에 못 박힌 그리스도를 전하니 유대인에게는 거리끼는 것이요 이방인에게는 미련한 것"이라고 했습니다. 사람들은 어리석은 십자가보다 좀 더 지혜롭고 현명한 방법을 찾습니다. 십자가처럼 힘든 것 말고 좀 더 즐겁고 신나고 폼 나는 것을 찾습니다.

눈으로 보기에 보암직하고 먹음직스런 선악과의 유혹에 넘어갔던 이브처럼, 오늘도 많은 신앙인들이 하나님의 이름으로 더 보기 좋은 것, 더 달콤한 것들을 선택합니다. 그러나 예수님이 선택하신 하나님의 길은 보기 좋고 탐스러운 길이 아니라 십자가였습니다. 그리고 십자가는 부활의 문을 여는 생명의 길이 되었습니다.

사람들 눈에 십자가는 실패로 보입니다. 그러나 사도 바울은 "십자가의 도가 멸망하는 자들에게는 미련한 것이요 구원을 받는 우리에게는 하나님의 능력이라"(고린도전서 1장 18절)고 했습니다. 사람들 눈에 어리석고 미련해 보일지라도 십자가는 하나님의 능력입니다. 사도 바울은 또 "통치자들과 권세들을 무력화하여 드러내어 구경거리로 삼으시고 십자가로 그들을 이기셨느니라"(골로새서 2장 15절)며 십자가가 참된 승리의 힘과 능력이라고 강조했습니다.

하나님은 십자가 안에 모든 것을 다 숨겨 놓으셨습니다. 하나님의 지혜와 넘치는 은혜와 위로와 희망까지 모두 십자가 안에 숨겨 놓으시고 우리에게 십자가 기둥을 굳게 붙들라고 말씀하신 것입니다.

오늘 아무리 거센 바람이 불어와도 십자가를 붙든 사람은 넘어지지 않습니다. 아무리 거센 폭풍이 불어와도 나를 넘어트릴 수 없습니다. 내가 십자가를 붙들 때, 십자가는 더 이상 무거운 짐이 아니라 나를 더 높은 곳으로 이끄는 든든한 기둥이 되기 때문입니다.

춤추는 기쁨

공원 산책길에서 덩실덩실 춤추는 십자가를 만났습니다. 넓적한 검은 돌과 초록 잔디가 어울려 역동적으로 춤추는 십자가였습니다. "예수님이 좋은데 어떡합니까!" 하며 예수님 손을 잡고 덩실덩실 춤추고 싶었습니다.

많은 사람들이 죽음에 이르는 처절한 고통인 십자가를 보며 어떻게 춤추는 것이 가능하냐고 의아해합니다. 당연한 의문입니다. 십자가를 지고 가신 예수님의 고통만 생각한다면 결코 웃을 수도 춤을 출수도 없습니다.

그러나 십자가는 우리에게 무한한 기쁨입니다. 예수님이 내 모든 허물과 죄악의 짐을 담당해 나를 온전케 하셨기 때문입니다. 예수님이 십자가 안에서 나를 하나님 앞의 사랑스런 자녀로 세워 주셨으니, 십자가는 우리가 덩실덩실 춤을 춰야 하는 기쁨이요 환희입니다.

예수님이 골고다 언덕을 오르신 건 우리로 하여금 십자가의 고통을 생각하며 날마다 눈물 흘리게 하기 위함이 아닙니다. 예수님이 십자가를 지심은 우리의 슬픔과 절망을 가져가고 대신 우리에게 기쁨과 희망을 주시기 위함입니다. 십자가를 지고 흘리신 예수님의 땀방울은 내 기쁨이 되었고, 십자가에 달려 흘리신 피는 내 소망이 되었고, 예수님의 죽음은 내게 생명이 되었습니다.

십자가를 바라보며 감사의 마음으로 덩실덩실 춤을 출 수 있는 사람, 이 사람이 십자가를 바로 아는 신앙인입니다. 십자가에 감춰진 하나님의 비밀을 깨달은 사람이기 때문입니다.

십자가의 비밀을 아는 사람은 기쁨이 충만하여 하나님 앞에 춤을 추며 나가는 사람입니다. 내가 완벽한 삶을 살아서가 아니라, 예수님이 십자가를 지심으로 인해 내가 하나님의 기쁨이 되었기 때문입니다. 오늘도 십자가는 하나님께 드릴 나의 의무와 헌신이 아니라, 내 삶에 기쁨을 주시는 하나님의 그 크신 사랑을 이야기합니다.

이 세상에 십자가보다 더 큰 기쁨이 없습니다. 십자가는 우리의 허물에도 불구하고 날마다 하나님께 용납받는 자리이기 때문입니다. 십자가는 세상을 향해 기쁨으로 힘차게 달려가라는 역동적인 춤으로의 초대입니다.

너는 내 자랑

아침 햇살이 비치는 십자가에 보랏빛 꽃 한 송이가 활짝 피었습니다. 팡파르 울리는 커다란 나팔처럼 생긴 꽃을 통해 하나님의 나팔소리가 들려왔습니다. '너는 내 기쁨이요, 자랑이요, 만족함이 되었다'는 하나님의 선포였습니다.

십자가는 두 가지를 이야기합니다. 먼저 '너는 죄인이다'라는 하나님의 심판입니다. 내 허물과 죄 때문에 예수님이 십자가를 지고 죽임을 당하셔야 했을 만큼 내가 죄인이라는 심판입니다. 그러나 하나님은 심판으로 끝내지 않으셨습니다. 예수님이 내 모든 허물을 담당하셨기에 이제 나는 하나님의 자녀요 기쁨이 되었다는 하나님의 선포가 뒤따릅니다. 이제 나는 벌을 받을 죄인이 아니라 예수 그리스도의 십자가 안에서 그분의 기쁨과 만족이 되었습니다.

많은 사람들이 십자가를 바라볼 때 예수님의 고통만을 생각합니다. 그러나 하나님이 왜 당신의 외아들을 십자가에 죽게 허락하셨는지, 그 십자가를 통해 이루신 하나님의 놀라운 계획의 완성은 잘 보지 못합니다.

십자가는 하나님의 심판뿐만 아니라 하나님의 용서와 은혜를 매일 매순간 새롭게 받는 곳입니다. 십자가는 날마다 주의 피로 정결케 되는 곳입니다. 십자가는 날마다 내가 새롭게 태어나는 곳입니다. 십자가 안에는 넘치는 은혜가 있습니다. 하나님과 함께하는 기쁨이 있습니다.

사도 바울은 늘 '그리스도 안에'라는 말을 강조했습니다. '그리스도 안'은 '십자가 안'이라는 말로 바꿀 수 있습니다. 하나님의 비밀은 바로 십자가에 있기 때문입니다. 하나님은 십자가로 하나님의 영원한 계획을 완성하셨습니다.

많은 이들이 하나님을 믿고 예수님을 따른다고 말하면서도 십자가의 비밀을 잘 모릅니다. 십자가 안으로 우리를 초대하시는 하나님의 비밀을 모릅니다. 십자가를 통해 외치시는 하나님의 음성을 듣지 못하고 있습니다.

내가 예수님의 십자가를 바라볼 때, 하나님은 더 이상 내게 요구하지 않으십니다. 내가 십자가 앞에 섰을 때, 하나님은 나를 심판하지도 않으십니다. 내가 예수님의 십자가로 달려갈 때, 하나님은 나를 기뻐하십니다.

십자가 안에 예수님의 눈물과 고통이 담겨 있습니다. 그러나 그게 전부가 아닙니다. 예수님의 눈물과 고통 덕분에 내가 하나님의 기쁨이 되었습니다.

오늘도 나팔꽃 십자가가 우리에게 크게 외칩니다. '너는 내 기쁨이요, 내 자랑'이라고 외치는 하나님의 비밀인 십자가 안으로 들어오라고!

십자가는 교환의 장소

사도 바울은 고린도전서 1장 30절에서 예수님이 우리의 지혜와 의로움과 거룩함과 구원함이 되셨다고 말했습니다. 십자가는 예수님께 내 추한 죄를 드리고 하나님의 의를 받는 곳입니다. 내 못난 허물을 드리고 하나님의 거룩함을 받는 곳입니다. 내 무지와 못남을 드리고 하늘의 지혜를 받는 곳입니다. 내 어둠을 드리고 빛을 받는 곳입니다. 내 눈물을 드리고 기쁨을 받는 곳입니다. 내 연약함을 드리고 세상을 향해 다시 달려 나갈 담대함을 받는 곳입니다. 내 안의 깊은 절망을 드리고 희망을 받는 곳입니다. 십자가는 세상에서 가장 은혜로운 교환의 장소입니다.

이사야 선지자는 예수님을 통해 일어날 교환의 사건을 61장 1~3절에서 이렇게 예언했습니다.

"¹주 여호와의 영이 내게 내리셨으니, 이는 여호와께서 내게 기름을 부으사 가난한 자에게 아름다운 소식을 전하게 하려 하심이라. 나를 보내사 마음이 상한 자를 고치며, 포로 된 자에게 자유를, 갇힌 자에게 놓임을 선포하며, ²여호와의 은혜의 해와 우리 하나님의 보복의 날을 선포하여 모든 슬픈 자를 위로하되, ³무릇 시온에서 슬퍼하는 자에게 화관을 주어 그 재를 대신하며 기쁨의 기름으로 그 슬픔을 대신하며 찬송의 옷으로 그 근심을 대신하시고, 그들이 의의 나무 곧 여호와께서 심으신 그 영광을 나타낼 자라 일컬음을 받게 하려 하심이라."

십자가 처형은 세상에서 가장 고통스럽고 치욕스런 벌입니다. 십자가에는 예수님의 피와 눈물이 담겨 있습니다. 그러나 예수님께는 고통이지만 우리에게는 새 생명으로 거듭나는 기쁨의 장소입니다. 십자가 안에서 상한 마음이 치료받고, 갇힘에서 자유를 얻고, 탄식 대신 기쁨을, 슬픔 대신 찬송을, 근심 대신 하나님의 의를 얻습니다. 십자가는 세상에서 가장 아름다운 교환의 장소입니다. 십자가가 세상에서 가장 거룩한 이유입니다.

우리의 신앙생활이란 날마다 하나님 앞에 서는 행위요 하나님과 더불어 교제하며 사는 삶입니다. 그러나 하나님을 떠올리면 내 부족함과 허물이 먼저 기억 나 하나님이 나를 꾸짖고 기뻐하시지 않을 것을 생각하게 됩니다.

사도 바울과 같이 열심 있는 삶을 살면 하나님 앞에 담대하고 당당히 설 수 있게 될까요? 하나님 앞에 담대하고 당당한 모습으로 나아오라는 것은 우리 모두를 향한 하나님의 간절한 초대입니다. 예수님이 피 흘린 십자가 안에서 이미 은혜로운 교환이 모두 완성되었기 때문입니다. 예수님은 나의 허물과 연약함과 더러움과 죄를 가져가시고, 예수님 당신의 의와 거룩하심을 우리에게 선물로 주셨습니다.

우리는 늘 십자가를 바라보면서도 그 십자가에 담긴 은혜로운 교환의 선물을 잊고 살아갑니다. 십자가가 가슴 벅찬 교환 장소임을 안다면, 우리는 좀 더 담대하게 하나님 앞에 나가 그분과 친밀한 교제를 나누며 그분이 주시는 능력과 은혜로 승리하는 삶을 살게 될 것입니다.

천국 잔치 초대장

강원도 영월에 '주천면'이라는 마을이 있습니다. 이 마을에 주천(酒川)이라는 샘이 있어 생긴 지명이지요. 이 샘에 술 주(酒)가 붙은 연유를 설명해 주는 전설이 하나 전해져 옵니다.

이 샘에 사람이 오면 술이 흘러나왔는데, 양반이 오면 맑은 청주가 상놈이 오면 흐린 탁주가 흘러나왔다고 합니다. 하루는 상놈이 양반 옷을 입고 주천에 섰습니다. 양반 옷을 입었으니 청주가 나오리라 기대하면서요. 그러나 샘에서는 탁주가 흘러나왔습니다. 상놈이 도포에 갓까지 차려입고 양반 흉내를 냈지만 샘은 속지 않았던 것입니다. 청주가 아닌 탁주가 흘러나오자 사람 차별한다고 화가 난 상놈이 샘을 때려 부쉈고, 그 후로는 샘에서 더 이상 술이 나오지 않게 되었다는 이야기입니다.

이 주천이란 샘은 사람을 취사선택했습니다. 양반에겐 맑은 청주를, 상놈에겐 탁주를 내보내는 차별을 한 것입니다. 그러나 우리가 숲에서 만나는 샘은 사람을 차별하지 않습니다. 양반이나 상놈이나, 부자나 가난한 이나 언제나 시원한 물로 목을 축일 수 있게 해 줍니다. 예쁜 사람에게나 미운 사람에게나, 착한 사람에게나 도둑놈에게나 변함없이 맑은 물을 내보내 줍니다. 이 샘의 깊은 곳엔 언제나 맑은 물이 가득하기 때문입니다.

요한복음 7장 37절에서 예수님은 "누구든지 목마르거든 내게로 와서 마시라"고 하셨습니다. 예수님은 영원한 생수가 솟아나는 마르지 않는 샘물입니다. 우리를 초대하신 예수님은 소수의 몇 사람만을 부르지 않으셨습니다.

예수님은 초대장 앞에 '누구든지'라고 큰 글씨로 써 놓으셨습니다. 예수님의 샘물을 마시는 데에 그 어떤 자격도 조건도 없다는 것이지요. 목사나 장로나 권사나 집사나 직분의 차이가 없습니다. 거룩한 사람이나 죄인이나, 열심히 예배드리고 교회에 봉사한 사람이나 그렇지 않은 사람이나 차이가 없습니다. 예수님의 생수를 마실 수 있는 조건은 스스로 목마름을 느끼는 것, 그것뿐입니다.

하나님께 나가 우리의 목마름을 해결하는데 왜 자격과 조건이 필요 없을까요? 이미 예수님이 하나님께 우리 몸값을 다 지불하셨기 때문입니다. 예수님이 달려 죽으신 십자가는 나를 위해 예수님이 하나님께 치른 내 몸값입니다. 나는 더 이상 하나님께 치러야 할 값이나, 그분의 은혜를 받기 위해 갖춰야 할 조건과 자격이 필요 없습니다. 예수님의 십자가 덕분에 나는 이미 그분의 자녀로서의 자격을 완벽하게 갖추었기 때문입니다.

하나님의 은혜를 받는 데 굳이 필요하다면 단 하나의 조건이 있습니다. '내가 목마르다'는 것을 인식하는 것입니다. 내게 하나님이 필요하다는 사실을 아는 것입니다. 시편 기자는 "하나님이여, 사슴이 시냇물을 찾기에 갈급함 같이 내 영혼이 주를 찾기에 갈급하니이다"(시편 42편 1절)라며 목마른 사슴처럼 하나님을 향한 갈급함이 필요하다고 강조했습니다.

예수님의 십자가의 복음과 상관없는 율법에 빠진 교회들이 참 많습니다. 삭개오는 자신의 재산의 절반을 내놓았습니다. 그러나 그것은 조건이 아니었습니다. 예수님을 만난 후의 자발적인 변화였습니다. 그는 예수님을 만난 후 달라졌습니다. 그의 목마름이 달라졌습니다. 예수님의 생수를 마신 후, 세상의 부귀영화를 향한 목마름에서 나눔과 정직이라는 거룩한 삶에의 갈구로 변화된 것입니다.

우리는 "목마른 자들아, 다 이리 오라. 이곳에 좋은 샘 흐르도다. 힘쓰고 애씀이 없을지라도 이곳에 오면 다 마시겠네"라는 찬송을 즐겨 부릅니다. 그러나 오늘 교회 안에 차별이 존재하고 힘씀과 애씀의 전제조건이 통하는 까닭이 있습니다. 많은 이들이 가짜 목마름으로 그들의 갈증을 대체하고 있기 때문입니다. 하나님께 나와 요구하는 그들의 목마름이란 부와 성공과 출세를 향한 탐욕입니다. 마시고 또 마셔도 해갈되지 않는 것들을 찾기 때문입니다. 그러나 예수님은 그런 가짜 목마름을 해결해 주시겠다고 말씀하신 적이 없습니다.

쉼 없이 물이 쏟아져 넘쳐흐르는 강원도 설악산 폭포의 바위에서 십자가를 만났습니다. 땅 속 저 깊은 곳에서 바위가 형성되며 새겨진 십자가입니다. 황금빛 바위 십자가는 변함없는 하나님의 영원한 계획을 보여 줍니다. 이 십자가는 오랜 시간 풍파를 겪어도 결코 지워지지 않습니다.

목마른 자들은 누구나 와서 값없이 마시라는 하나님의 약속은 변하지 않습니다. 닳지도 않습니다. 조건이 달라지지도 않습니다. 하나님의 초대장은 유효기간도 없습니다. 하나님의 초대장은 자격이나 조건도 준비물도 필요 없는 목마른 자들을 향한 변치 않는 초대장입니다.

내게 예수님의 십자가 초대장만 있으면, 나는 "긍휼하심을 받고 때를 따라 돕는 은혜를 얻기 위하여 은혜의 보좌 앞에 담대히 나아갈" 수 있습니다(히브리서 4장 16절).

내 가치는 예수님만큼

물건의 가치는 그 물건을 구입하기 위해 지불되는 값으로 결정됩니다. 물건의 가치만큼만 값을 지불하기 때문이지요. 나는 얼마만큼 가치 있는 사람일까요? 하나님은 나를 위해 외아들 예수를 십자가에 지불하셨습니다. 하나님은 내 가치를 당신 아들의 생명만큼 여기셨습니다. 나는 예수님의 생명만큼 가치 있는 사람이 되었습니다. 십자가는 오늘 내가 이토록 소중하다는 하나님의 호소입니다.

게리 인리그(Gary Inrig)는 한 책(*Quality Friendship*)에서 "진실한 친구는 그가 함께 있어야 할 모든 이유가 사라졌을 때에도 함께 있는 것으로, 거기엔 희생의 대가가 지불된다"며 다음과 같은 감동적인 이야기를 전해 줍니다.

제1차 세계대전 중 두 친구가 일시에 징집을 받아 함께 훈련 받고 같은 참호 속에서 나란히 전투에 참여했다. 적을 공격하던 중 한 친구가 가시철조망이 무성한 들판에서 심하게 부상을 입어 참호로 돌아올 수 없었다. 사방은 적의 포화 아래 있어 그를 구하기 위해 접근하는 것은 자살행위나 마찬가지였다. 그러나 그의 친구는 결연한 의지로 실행에 옮기려 했다. 그가 참호에서 빠져나오기 전 분대장이 그를 확 끌어당기며 나가지 못하도록 명령했다. "너무 늦었어. 그를 도울 길이 없어. 넌 자살 행위를 하려는 거야."

잠시 후 상관이 뒤쪽을 향하고 있는 틈을 타 그는 쏜살같이 자신의 친구를 향해 달리기 시작했다. 몇분 후 그도 치명적인 부상을 입고 이제는 숨이 끊어진 그의 친구를 안고 비틀거리며 돌아왔다. 분대장은 화가 치밀기도 했지만 진한 감동을 받았다.

"얼마나 무모한 희생이냐. 그는 죽었고 너도 죽어 가고 있어. 쓸데없는 짓이었어"라고 탄식했다.

그러나 병사는 꺼져 가는 숨소리로 대답했다.

"아, 예. 그럴지도 모르죠. 그렇지만 분대장님, 내가 그에게 달려갔을 때 그는 '나는 네가 올 줄 알았어, 짐!' 이 한마디를 해 주었습니다."

하나님은 내게 아무 가치가 없을지라도 나를 찾아와 희망을 주시는 분이십니다. 내가 좌절과 절망 가운데 무너져 있을 때, 그 어둠의 순간이 내게 하나님이 가장 필요한 때임을 알고 달려오시는 사랑입니다.

내 가치를 노력과 성취에서 찾으려 한다면, 우리의 신앙은 하나님을 만족시키기 위한 무거운 짐이 됩니다. 그러나 내 존재 가치를 하나님의 사랑에서 찾을 때, 우리는 무거운 신앙의 짐으로부터 자유하게 됩니다. 내가 하나님 아들의 생명과 같은 존재라는 것을 발견하는 것, 그것이 바로 십자가의 복음입니다.

추운 겨울, 얼음이 꽁꽁 언 강을 산책하던 중이었습니다. 소살거리는 여울에서 놀라운 광경을 만났습니다. 얼음 십자가와 그 주위를 둘러선 동물 형상들이 마치 아기 예수님이 세상에 태어나시던 날의 마구간 모습 같았습니다. 나를 찾아 세상 가장 낮은 곳에 임하신 선한 목자 예수님을 추운 겨울 강가에서 만난 것입니다.

십자가는 내가 하나님의 사랑을 받을 만한 가치가 있어서 하나님이 나를 사랑하시는 것이 아님을 말해 줍니다. 하나님은 내가 사랑받을 만한 가치가 있게 될 때까지 기다리시지 않았습니다. 내 허물과 부족함에도 불구하고 사랑을 부어 주심으로써, 내가 하나님의 사랑을 넘치게 받는 가치 있는 자가 된 것입니다.

하나님은 무에서 유를 창조하시는 사랑입니다. 하나님은 나의 무가치함에서 새로운 존재를 만들어 내시는 사랑입니다. 이제 날마다 십자가 앞에 머물며 나를 새롭게 빚어 가시도록 그분의 손에 나를 온전히 맡기는 것만이 필요합니다. 십자가는 길 잃은 양인 나를 구하기 위해 하나님이 지불하신 값입니다. 예수님이 매달린 십자가는 바로 당신의 가치입니다.

태양처럼 따뜻한 사랑

어느 날 새벽에 일어나 말씀을 묵상하다 하늘에서 십자가를 만나면 좋겠다고 생각했습니다. 밝아오는 동쪽 창을 향해 고개를 돌리는 순간, 저 하늘에 태양을 품은 십자가가 있었습니다.

만약 태양이 없다면 지구는 어떻게 될까요? 태양이 없다면 지구는 얼음 덩어리가 되고, 사람은 물론 그 어떤 생명체도 살지 못할 것입니다. 오늘 우리가 숨을 쉬고 살 수 있음도 태양이 있기 때문입니다. 식물이 산소를 만드는 광합성 작용도 나무 잎사귀 안의 엽록소가 햇빛을 받아야 가능한 일이니까요.

만약 태양이 없으면 식물의 광합성이 불가능하니 산소가 존재할 수 없고, 지구 위에 어떤 생명도 살 수 없고, 인간 역시 존재하지 못할 것입니다. 태양은 이 지구에 생명을 존재케 하는 근원입니다. 십자가는 바로 태양과 같습니다. 태양이 얼음을 녹게 하듯, 십자가는 우리 죄악의 짐 덩어리를 녹게 해서 우리가 하나님 앞에 나아갈 길을 열어 주었습니다. 십자가는 우리가 하나님께 은혜 받고, 하나님과 더불어 교제하며 살아가게 하는 기초요 전부입니다. 태양이 없으면 생명체가 존재할 수 없듯 십자가 없는 그리스도인이란 존재할 수 없습니다.

우리는 날마다 태양 빛에 길을 걷고, 따스한 온기를 누리고, 태양 빛에 의해 만들어진 산소로 숨을 쉬면서도 태양의 필요성과 중요성을 잘 의식하지 못하고 살아갑니다. 우리는 십자가의 은혜 안에 존재함에도 불구하고 십자가의 중요성을 잊고 살아갑니다. 십자가를 잃어버린 채 살아가며 이미 자신의 영이 죽었다는 사실을 알지 못합니다. 태양이 우리의 호흡이요 존재 자체이듯, 십자가도 우리의 호흡이요 존재여야 합니다.

1월 달력엔 언제나 이글거리며 떠오르는 태양이 등장합니다. 달력 속 태양이 아무리 붉게 타오를지라도 사진 속 태양을 보며 따스함을 느끼는 사람은 아무도 없습니다. 과학자들은 태양 빛이 지구까지 도착하는 데 약 8분의 시간이 걸린다고 합니다. 태양이 갑자기 사라진다면 8분이 지나서야 태양이 없어졌다는 사실을 지구에서 알 수 있다는 것이지요. 우리는 흔히 태양이 뜨고 진다며 태양이 지구 주위를 도는 것처럼 말합니다. 그러나 실은 지구

가 태양 주변을 돈다는 사실을 과학자들의 증명을 통해 알고 있습니다.

그러나 우리가 태양을 인식하는 것은 달력 속 멋진 사진이나 과학자들의 설명을 통해서가 아닙니다. 과학이 발달하기 전인 수천 년 전 구석기 시대의 인류도 태양이 존재함을 온몸으로 알았습니다. 어둠이 사라지는 것을 통해 태양이 떠오르는 것을 알 수 있었고, 따스한 온기를 통해 태양의 존재를 온몸으로 느낄 수 있었습니다.

우리는 십자가를 어떻게 알고 있을까요? 교회당에 걸린 십자가를 보며 그저 교회의 상징물로만 알고 있는 것은 아닐까요? 과학자들의 설명으로 태양의 존재를 확인하듯 목사의 설교를 통해서만 십자가를 어렴풋이 알고 있는 것은 아닐까요? 아니면 온몸으로 태양의 온기를 느끼듯 매일 매일 십자가의 온기를 받아 영혼의 힘을 얻고 살아가고 있을까요?

누군가의 설명을 통해서나 달력 속 사진을 보고 태양이 있음을 아는 것은 중요하지 않습니다. 내가 직접 태양 빛 아래 서서 태양의 따스함을 누리는 것이 중요합니다. 마찬가지로 십자가에 대한 열 가지 설명보다 더 중요한 것은 내가 날마다 십자가의 온기를 의지하며 살아가는 것입니다.

우리가 날마다 태양 같은 십자가 앞에 서야 하는 이유가 있습니다. 긴 인생의 여정 길에서 때때로 외로움이 우리를 찾아옵니다. 세상에 나를 이해하는 사람이 아무도 없고 홀로 버림받았다는 생각이 엄습해 오기도 합니다. 이 세상에 나 혼자밖에 없다는 외로움이 밀려올 때면 슬픔과 절망의 어둠이 마음에 가득해집니다.

외로울 때 십자가에 달린 예수님을 바라봅니다. 내게 아무도 없다는 슬픔이 밀려올 때 제자들에게까지 버림받은 외로운 예수님을 바라봅니다. 내 마음이 낙심해 캄캄한 어둠 속에 있을 때, 이 잔을 거두어 달라고 기도하며 절규하는 예수님을 바라봅니다. 예수님은 누구보다 우리의 외로움을 잘 아시고, 따스한 손길로 우리를 어루만지시고, 눈물에 젖은 우리 마음을 위로해 주실 것입니다.

십자가는 내 죄와 허물을, 내 외로움과 아픔과 슬픔을 눈처럼 다 녹여 주는 태양입니다.

정결케 하는 능력

이 웅장한 십자가는 어디에 있는 것일까요? 대형 빌딩 입구에 놓인 발 매트입니다. 빌딩에 들어서는 사람들의 신발에 묻은 먼지를 털어 내기 위한 물건이지요. 건물 입구에 놓여 있으니 누구든 빌딩에 들어가기 위해서는 이 매트를 지나야 합니다. 자동으로 신발에 묻은 흙먼지가 발 매트의 홈으로 떨어지게 됩니다.

십자가는 하나님의 집에 들어가기 위해 반드시 통과해야 하는 발 매트와도 같습니다. 내 몸의 더러운 죄의 먼지를 십자가로 정결케 하지 않고서는 하나님께 나갈 수 없습니다. 나의 더러움을 정결케 하기 위해 내가 특별히 해야 할 일은

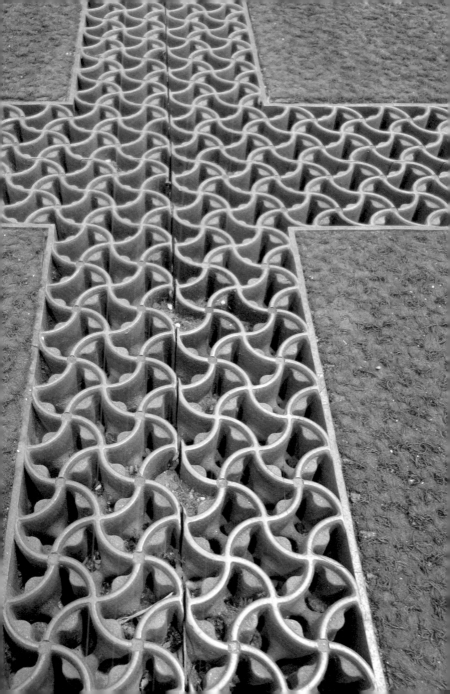

없습니다. 그저 십자가를 통과하기만 하면 됩니다.

이사야는 우리의 허물과 죄를 지고 가는 하나님의 어린 양에 대해 이렇게 말씀했습니다.

"'그는 실로 우리의 질고를 지고 우리의 슬픔을 당하였거늘, 우리는 생각하기를 그는 징벌을 받아 하나님께 맞으며 고난을 당한다 하였노라. [5]그가 찔림은 우리의 허물 때문이요, 그가 상함은 우리의 죄악 때문이라. 그가 징계를 받으므로 우리는 평화를 누리고, 그가 채찍에 맞으므로 우리는 나음을 받았도다. [6]우리는 다 양 같아서 그릇 행하여 각기 제 길로 갔거늘 여호와께서는 우리 모두의 죄악을 그에게 담당시키셨도다."(이사야 53장 4~6절)

예수님이 지신 십자가에는 우리의 질고와 허물과 죄악이 담겨 있습니다. 예수님의 십자가는 내 죄를 깨끗이 청소하는 곳입니다. 십자가는 예수님이 내 허물과 더러움을 다 털어 주시는 곳입니다.

많은 신앙인들이 십자가는 예수님을 믿기 시작할 때만 필요하다고 생각하고 더 이상 찾지 않습니다. 십자가는 왠지 귀찮고 불편한 짐일 뿐입니다. 그저 주일을 지키며 열심히 예배드리고 착실히 헌금 하면 하나님이 복을 주실 거라고 생각합니다. 그러나 예수님을 처음 믿을 때뿐만 아니라 매일 매순간 내가 하나님 앞에 설 수 있는 것은 오직 예수님의 십자가를 통해서입니다.

하나님의 사랑엔 조건이 없습니다. 하나님의 사랑은 예수 그리스도 안에서 우리에게 쏟아지는 은혜입니다. 그러나 많은 신앙인들이 하나님의 사랑을 보잘것없는 대가로 여기며 십자가를 쓸모없는 것으로 만들어 버립니다. 찬송가 252장은 이렇게 노래합니다.

> 나의 죄를 씻기는 예수의 피밖에 없네,
> 다시 정케 하기도 예수의 피밖에 없네.
> 나를 정케 하기는 예수의 피밖에 없네,
> 사죄하는 증거도 예수의 피밖에 없네.
> 평안함과 소망은 예수의 피밖에 없네,
> 나의 의는 이것뿐 예수의 피밖에 없네.
> 예수의 흘린 피 날 희게 하오니,
> 귀하고 귀하다 예수의 피밖에 없네.

나의 죄를 씻어 정결케 하는 것도, 일상의 삶에서 평안함과 소망을 얻는 것도, 하나님 앞에서의 내 의로움도, 우리의 모든 것이 예수님 십자가의 피 덕분입니다. 십자가만이 참 복음입니다. "영원토록 내 할 말, 예수의 피밖에 없네. 나의 찬미 제목은 예수의 피밖에 없네." 이 찬양이 매일 하나님 앞에서 우리의 진실한 고백이 되기를 기도합니다.

나를 위해 존재하는 사랑

예수님은 사랑과 정의, 생명과 평화가 가득한 하나님의 나라를 이루기 위한 삶을 사셨습니다. 그런데 오늘날 교회는 예수님이 꿈꾼 하나님 나라 실현에는 별 관심이 없습니다. 오직 교회 성장만이 최고의 목표입니다.

'교회 성장'과 '하나님 나라'는 전혀 다른 것입니다. 만약 교회 성장이 하나님의 나라요 영광이라면, 수만 명의 성도들이 모이는 대형 교회들은 모두 사랑과 정의, 생명과 평화를 이룬 하나님 나라여야 합니다. 그런데 많은 대형 교회들이 분쟁과 갈등으로 세상의 조롱거리가 되고 있습니다.

현대 사회는 돈과 경제가 사람보다 우선하는 세상입니다. 개인은 그저 부품일 뿐입니다. 경제 현장에서는 조금이라도 생산비용을 줄이기 위해 비정규직이라는 이름으로 인간을 경제 성장의 부품으로 만들었습니다. 그러나 예수님은 거라사의 광인을 위해 수많은 돼지 떼가 몰살되는 것을 허락하셨습니다. 돈과 경제보다 한 사람을 우선시하신 것이지요.

하나님은 돈과 경제와 제도와 조직보다 한 영혼을 사랑하십니다. 한 인간의 가치를 천하보다 소중히 여기시고 그를 위해 자신의 생명을 내어놓는 사랑입니다. 십자가가 바로 그 증거입니다. 종교개혁자 마르틴 루터는 "하나님의 본성은 오직 사랑하는 것이고, 그것이 그의 영광이다. 이것은 받는 것이 아니라 끊임없이 주는 것이다"라고 하며 하나님의 영광이 사랑 자체에 있다고 강조했습니다.

하얀 구절초들이 미소 짓고 있는 십자가를 만났습니다. 이 꽃을 통해 하나님은 어떻게 영광 받으실까요? 꽃의 희생이 아니라, 가장 탐스러운 꽃을 피웠을 때 그 아름다움을 통해 하나님이 영광 받으실 것입니다. 우리 역시 하나님 앞에 한 송이 꽃입니다. 하나님이 나를 통해 영광을 받으신다는 것은 내가 하나님께 많은 것을 드렸기 때문이 아닙니다. 오늘 내 삶이 하나님의 은혜로 기쁨과 평화 가득한 삶을 살아갈 때입니다.

마음에 슬픔 가득한 모습으로 억지로 드리는 예배와 찬양이 하나님께 영광이 될 수 없습니다. 우리의 기쁨 없는 희생을 통해 서가 아니라, 오늘 내 삶에 한량없이 부어 주시는 그분의 사랑이 나를 통해 세상에 드러날 때 하나님의 영광이 됩니다. 하나님의 아름다운 피조물인 내가 기쁨과 평화로 충만했을 때, 그것이 바로 나를 향한 하나님의 창조의 완성이며 하나님의 영광입니다.

참된 하나님의 영광이 무엇인지 아는 사람은 자신의 부족함 과 허물로 인해 염려하지 않습니다. 오늘 내 부족함과 허물 그대 로 하나님 앞에 나아갈 때, 나를 위로해 주시고, 내 아픔을 치유 하시고, 내 부족한 삶을 기쁨으로 충만하게 채우시는 하나님의 사랑을 알기 때문입니다.

십자가는 우리의 허물과 연약함을 모두 하나님께서 감당하셨 으니, 비록 성경 말씀대로 살지 못하고 허물 많은 못난 모습일지 라도 있는 모습 그대로 하나님 앞으로 나오라는 초대입니다.

이제 '나를 위해 존재하는 사랑의 하나님 아버지'를 바라보아 야 합니다. 나를 위해 당신의 모든 것을 희생하신 십자가에 달린 사랑의 하나님을 만나야 합니다. 이제 우리는 나 자신이 아름답 게 꽃 피워야 할 한 송이 꽃임을 기억해야 합니다. 이것이 바로 십자가 안에 숨겨 놓으신 하나님의 비밀입니다.

하나님의 자기 소개서

십자가를 바라보면서도 왜 마음에 감동이 없을까요? 하나님이 나를 사랑하신다는 말을 수없이 들었는데도 왜 내게 감동이 없을까요?

많은 사람들이 하나님을 믿는 데 증거를 필요로 합니다. 하나님이 나를 사랑하신다는 것을 증명해 줄 어떤 체험이나 기적을 원합니다. 뭔가 특별한 체험을 하면 더 잘 믿을 것 같고, 신앙이 더 성숙해질 것 같다고 생각하기 때문입니다.

하나님은 이미 우리에게 사랑의 증거를 보여 주셨습니다. 십자가입니다. 십자가는 그저 예수님이 달려 죽으신 나무 형틀이 아닙니다. 십자가는 나를 향해 목숨을 건 하나님의 사랑입니다. 하나님이 나를 위해 당신의 모든 것을 걸었다는 증표입니다. 십

자가는 나를 향한 하나님의 사랑이 얼마나 큰지 보여 주는 증거입니다. 목숨을 내어주는 것보다 더 큰 사랑의 증거는 없습니다. 하나님이 나를 사랑하심을 알기 위해 또 다른 증거가 필요 없습니다.

뜨거운 불도 시간이 지남에 따라 점차 사그라지듯, 아무리 큰 체험도 시간이 흐르면 망각됩니다. 기적과 이상한 체험이 우리의 신앙을 성장하게 하지도 않습니다. 하나님은 우리의 작은 체험에 국한되지 않습니다. 손발이 뜨거워지는 이상한 체험이 하나님도 아닙니다.

기적의 체험이 성숙한 신앙으로 인도하지 않음을 보여 주는 증거가 시편 78편에 상세히 기록되어 있습니다. 이스라엘 백성들은 하나님의 놀라운 기적을 체험하며 600년 동안 종살이하던 애굽에서 나왔습니다. 그들은 자신들을 인도하는 구름기둥과 불기둥을 매일 직접 눈으로 보았습니다. 홍해가 갈라지는 것을 보았고, 자신들의 두 다리로 직접 홍해를 건넜습니다. 하나님의 은혜로 매일 만나를 먹었습니다. 그러나 그 많은 기적을 눈으로 보고 체험하고 입으로 만나를 먹으면서도 그들의 신앙은 성숙하지 않았습니다.

예수님이 우리에게 원하시는 것은 딱 하나입니다. '열심'이 아니라 '믿음'입니다. 직접 보지 못해서 예수님이 부활하신 사실을 믿지 못하는 도마에게 예수님은 말씀하십니다. "네 손가락을 이리 내밀어 내 손을 보고 네 손을 내밀어 내 옆구리에 넣어 보라. 그리하여 믿음 없는 자가 되지 말고 믿는 자가 되라"(요한복음 20장 27절).

십자가를 보며 나를 향한 하나님의 크신 사랑을 볼 수 있는 사람은 세상에서 가장 복된 사람입니다. 성숙한 신앙인이 되기 위해 손발이 뜨거워지는 기적의 체험이 필요한 것이 아니라, 매일 십자가를 바라보는 것이 필요합니다. 십자가 안의 나를 향한 하나님의 사랑이 얼마나 큰지 매일 내 가슴에 새기는 것이 필요합니다.

하늘보다 높고, 바다보다 깊고, 우주보다 넓어 다 기록할 수도 측량할 수도 없는 하나님의 사랑이 예수님의 십자가입니다. 그런데 그 십자가를 바라보면서도 아무 느낌이 없다면, 십자가를 보면서도 하나님이 나를 사랑하시는지 알기 위해 또 다른 증거가 필요하다고 생각한다면, 아직 십자가를 잘 모르는 것입니다.

붉은 피로 물든 예수님의 십자가를 바라볼 때, "너를 위해 나를 버릴 만큼 너를 사랑한다. 너는 내 목숨만큼 가치 있는 소중한 존재다"라고 외치는 예수님의 음성을 들을 수 있어야 합니다. 십자가는 나를 향한 하나님의 사랑을 보여 줍니다. 하나님은 우리의 행동을 계산하시는 분이 아니라 당신의 마지막 피 한 방울을 다 쏟기까지 나를 사랑하신 아버지이십니다.

오늘 나는 어떤 하나님을 알고 있습니까? 높은 도덕적인 기준을 세워 놓고 내 행동을 관찰하며 내가 잘못할 때마다 혼내기를 즐기시는 하나님, 혹은 주일을 지키고 예배에 빠지지 않고 헌금 조금 하면 복을 주실 것 같은 하나님, 이런 가짜 하나님을 열심히 섬기고 있지는 않습니까?

하나님을 믿기 위해 아직 또 다른 증거가 필요하십니까? 하나님이 나를 사랑하심을 확인하기 위해 또 다른 증거가 필요하십니까? 십자가를 바라보십시오. 나를 위해 당신의 피를 흘리신 사랑의 하나님입니다. 십자가는 '나는 사랑이다'라는 하나님의 자기소개서입니다.

꽃이 환한 미소를 짓고 있습니다. 예쁜 꽃을 바라보노라면, 우리 얼굴에도 저절로 미소가 흐르게 됩니다. 하나님은 우리에게 꽃을 선물로 주셨습니다. 꽃은 벌과 나비에게 꿀과 꽃가루를 제공할 뿐만 아니라 아름다운 빛깔과 고운 향기로 우리를 행복하게 해줍니다.

넉 장의 꽃 잎사귀와 하얀 암술이 십자가를 닮았습니다. 꽃 십자가는 저 예쁜 꽃처럼 환한 미소로 하나님 앞에 나오라고 말하는 것 같았습니다. 활짝 핀 한 송이 꽃처럼 우리 삶에 기쁨이 충만하길 원한다는 하나님의 음성이 들려왔습니다.

하나님 앞에 서면 심각해집니다. 멀쩡하다가도 하나님 앞에 나가려 하면 왠지 눈물이 흐릅니다. 하나님 사랑에 감사해서 흐

르는 눈물이라면 괜찮은데, 대부분 자신의 잘못과 부족함을 자책하며 흘리는 눈물입니다.

하나님은 우리에게 눈물을 원하시는 신일까요? 하나님 앞에 감사와 기쁨으로 나아가면 안 되는 것일까요?

시편 기자는 '하나님 앞에서 새 노래로 노래하고 찬양하고 춤추며 즐거워하고 기뻐하라'(149편)고 노래했습니다. 무엇보다 기쁨으로 하나님께 나가라고 강조했습니다. 우리가 하나님 앞에 기쁨으로 나간 적이 과연 몇 번이나 될까요? 우리는 늘 자신의 허물과 부족함을 생각하며 자책하는 심령과 통회하는 눈물로 하나님께 나갑니다. 이는 겸손한 마음 때문이 아닙니다. 우리의 허물을 계산하시는 하나님으로 잘못 알고 있기 때문입니다.

하나님은 더 이상 요구하고 계산하시는 하나님이 아닙니다. 하나님은 이미 예수님의 십자가 안에서 계산을 다 마치셨습니다. 예수님이 자기의 몸을 내어드림으로써 우리가 지불해야 할 값보다 더 넘치게 계산을 끝내셨습니다. 그러므로 우리는 더 이상 하나님께 계산할 것이 없습니다.

만약 하나님 앞에 기쁨과 감사를 잃어버렸다면, 그것은 하나님의 사랑을 믿지 못하는 불신앙입니다. 만약 자신이 아직 드리지 못한 것으로 인해 죄책감이 있다면, 이 또한 예수님을 통해 이루신 하나님의 비밀을 알지 못하는 것입니다. 하나님의 사랑보다 내 허물과 부족함이 더 크다며 예수님의 십자가를 부인하는 것과 다름없는 것입니다.

하나님 앞에 설 때 기쁨을 잃어버리는 또 다른 이유는 하나님의 거룩하심을 오해하기 때문입니다. 우리는 하나님의 거룩하심을 근엄함으로 오해합니다. 그래서 우리를 보고 웃지 않으시는 분으로 하나님을 생각합니다.

그러나 하나님은 사도 바울의 입을 통해 우리에게 항상 기뻐하라고 명령하셨습니다. 우리에게 웃고 기뻐하라고 하신 하나님께서 웃지 않으실까요? 많은 이들이 성경 속 하나님의 진노만을 기억합니다. 그러나 성경에는 나를 바라보며 기뻐하시는 하나님의 웃음소리로 가득합니다.

성경은 하나님의 웃음소리로 시작됩니다. 천지창조의 첫 날인 창세기 1장 4절의 "빛이 하나님이 보시기에 좋았더라"를 시작으로 10절, 12절, 18절, 21절, 25절에 연속해 '좋았더라'라는 표현이 반복됩니다. 자신의 작품을 보며 흡족해하시는 하나님의 미소를 엿볼 수 있습니다. 창세기 1장 31절에서는 "보시기에 심히 좋았더라"며 하나님이 매우 흡족해하시며 기뻐 웃으시는 소리가 들려옵니다.

또 나를 보고 기뻐 웃으시는 하나님을 만날 수 있습니다.

"너의 하나님 여호와가 너의 가운데에 계시니, 그는 구원을 베푸실 전능자이시라. 그가 너로 말미암아 기쁨을 이기지 못하시며, 너를 잠잠히 사랑하시며, 너로 말미암아 즐거이 부르며 기뻐하시리라."(스바냐 3장 17절)

웃음은 한 종류가 아닙니다. 미소(소리 내지 않고 얼굴만 빙긋이 웃는 웃음), 희소(기뻐서 웃는 웃음), 홍소(입을 크게 벌리고 떠들썩하게 웃는 웃음), 방소(큰 소리로 웃는 웃음) 등 우리말사전에는 다양한 웃음소리를 구분하고 있습니다.

스바냐 3장 17절 말씀은 내 안에 계신 전능자 하나님께서 나로 말미암아 기쁨을 이기지 못해 웃고 계시며(희소), 나를 조용히 사랑하시며(미소), 나 때문에 즐겁게 노래 부르며 기뻐하신다(희소, 홍소, 방소)라고 웃고 계신 하나님을 강조합니다.

세상에는 어려움이 가득합니다. 세상을 살아가는 게 녹녹치 않습니다, 세상이 나를 배반하기도 합니다. 하루하루 살아가기도 벅찬 세상에서 하나님 앞에 웃으며 나간다는 것은 어려운 일입니다. 그러나 예수님은 "너희 근심이 도리어 기쁨이 되리라"(요한복음 16장 20절)며 근심과 염려를 뛰어넘는 기쁨을 말씀하셨습니다. 나아가 "너희 기쁨을 빼앗을 자가 없으리라"(요한복음 16장 22절) 하시며 어떤 어려움도 우리의 기쁨을 앗아갈 수 없다고 강조하셨습니다.

이 세상은 염려와 근심이 가득하지만 하나님이 나와 함께하시니 기뻐하라고 말씀하십니다. 하나님을 믿는다는 것은 그분이 나를 버리지 않음을 믿는 것입니다. 그분이 내 힘이 되어 주실 것임을 믿는 것입니다. 그럼에도 불구하고 그분이 나를 실망시키지 않을 것임을 믿는 것입니다.

내 삶을 주관하시는 하나님이심을 믿는다면, 내 삶의 어떤 순간에도 그분을 의뢰하며 미소 지을 수 있습니다. 십자가는 우리의 질고와 허물을 다 지고 가신 예수님의 사랑을 말합니다. 이제 나는 하나님의 기쁨이 되었음을 말합니다. 기쁜 얼굴로 나를 바라보며 미소 짓는 하나님께 한 송이 꽃을 닮은 환한 웃음으로 화답해야 할 때입니다. 십자가는 꽃처럼 활짝 웃으라는 하나님의 위로입니다.

그가 너로 말미암아 기쁨을 이기지 못하시며,

너를 잠잠히 사랑하시며,

너로 말미암아 즐거이 부르며 기뻐하시리라.

✤ 2장 ✤

변화로 이끄는
십자가

가장 낮은 곳에서 가장 위대한

우리는 날마다 더 높은 곳에 오르기 위해 경쟁합니다. 그러나 물은 아래로 내려가기를 기뻐합니다. 물은 가장 높은 하늘에서 내려와 가장 낮은 곳으로 내려가기를 마다하지 않습니다. 물은 가장 낮고 낮은 곳에 이르렀을 때 세상에서 가장 넓은 바다가 됩니다.

노자는 낮은 곳을 좋아하는 물의 성품을 이렇게 이야기합니다. "강과 바다가 모든 시내의 왕이 되어 다 모아들 수 있게 함은 그가 스스로 낮은 곳에 처하기를 좋아하기 때문이다"(江海之所以能爲百谷王者, 以其善下之, 故能爲百谷王).

노자는 물의 특징을 더 이야기합니다.

"물에는 세 가지 특성이 있다. 첫째, 만물을 능히 키워 냄이요 둘째, 본성이 부드럽기에 자연을 쫓으며 다투지 아니함이요 셋

째, 모두가 싫어하는 낮은 곳으로 모여 흐름이다. 물은 낮은 곳에 처하니 도 있는 자의 겸손함과 같고, 물은 깊고 맑으니 도 있는 자의 정함과 침묵이로다. 물은 만물에게 혜택을 주니 도 있는 자의 기댐 없는 베풂이로다. 물은 만물의 모습을 그대로 비추니 도 있는 자의 지성스러운 말이요, 결코 허위 없음이로다."《도덕경》제8장)

하늘에서 하얀 눈이 쏟아지던 어느 날, 눈이 그치자 하늘엔 하얀 뭉게구름이 흘러갑니다. 좁은 골목길의 안전을 위한 작은 돌타일 도로가 놀라운 십자가로 변신했습니다. 눈이 녹은 물이 돌타일 틈새에 고여 물 십자가가 된 것입니다. 물 십자가에 하늘의 뭉게구름이 흘러가고, 바람에서 날려 온 오색 단풍 잎사귀 한 장이 멋진 장식이 되었습니다. 아기 예수님이 세상에 임하시던 날 하늘에 빛나던 별처럼 미소 짓고 있었습니다.

노자는 물의 성품을 한 가지 더합니다.

"세상에 물보다 더 부드러운 건 없다. 그러나 그는 능히 딱딱한 것을 뚫는 강한 능력을 가졌다. 약함이 부드러움을 이기고, 부드러움이 강함을 이긴다는 것을 모르는 자가 없건만, 이를 실천하는 자가 없다. 그러기에 성인께서 '온 나라의 굴욕을 짊어짐은 사회의 주인이요, 온 나라의 환난을 담당함은 나라의 왕이다'라고 하셨다."《도덕경》제78장)

"온 나라의 굴욕을 짊어짐은 사회의 주인이요, 온 나라의 환난을 담당함은 나라의 왕이다"라는 노자의 말은 이사야 53장 5~6절 말씀 "그가 찔림은 우리의 허물을 인함이요, 그가 상함은 우리의 죄악을 인함이라. 그가 징계를 받음으로 우리가 평화를 누리고, 그가 채찍에 맞음으로 우리가 나음을 입었도다. 우리는 다 양 같아서 그릇 행하여 각기 제 길로 갔거늘 여호와께서 우리 무리의 죄악을 그에게 담당시키셨도다"를 읽는 듯한 착각을 하게 합니다.

언제나 낮은 곳에 내려가기를 즐거워하며 타인의 더러움을 대신 지기 좋아하는 물의 마음에서 예수님의 사랑을 읽게 됩니다. 우리의 연약함과 허물을 대신 지고 십자가에 달려 죽으심으로 우리에게 생명을 주신 예수님, 화려한 궁궐이 아니라 거친 광야에서 이슬을 맞으며 버림받은 자들과 함께 삶을 나누고, 보잘 것없는 제자들 앞에 무릎을 꿇고 그들의 냄새나는 발을 씻겨 주신 예수님, 그는 겸손의 왕이요 사랑 자체였습니다.

티 없이 맑은 눈이 하늘에서 내려와 세상의 더러움을 자신의 몸으로 정결케 한 후 낮은 곳으로 흘러가는 물 십자가는 예수님의 제자로 살아야 할 삶의 방향을 보여 주고 있었습니다. 부드러움으로 강함을 이기는 물은 십자가가 실패가 아니라 영원한 승리임을 웅변하고 있습니다.

십자가를 지고 예수님을 따르는 길은 멀리 있지 않습니다. 겸손하신 예수님처럼 낮아지는 것을 배우는 것입니다. 당연한 권리이지만 기꺼이 포기하고 낮아짐을 수용하기를 기뻐하는 것이 겸손입니다. 낮아짐 그 자체가 십자가입니다. 낮은 마음, 겸손히 섬기는 삶을 살아갈 때, 내가 그리스도와 함께 십자가에 못 박히고 내 안에 예수님이 사신다고 고백할 수 있게 될 것입니다.

나를 비춰 보는 거울

동해안 바닷가에서 만난 십자가입니다. 커다란 바위가 네 갈래로 갈라졌고, 쉼 없이 밀려오는 파도가 거친 바위를 다듬어 부드러운 십자가를 만들었습니다. 그 십자가 안에 파도가 실어 온 바닷물이 마치 거울처럼 내 모습을 비추고 있었습니다. 순간 '십자가는 나를 비춰 보는 거울'이라는 생각이 들었습니다.

십자가는 오늘 내 신앙이 바르게 가고 있는지 나 자신을 돌아보게 하는 거울입니다. 나는 어떤 예수님을 믿고 있을까요? 오늘도 내게 복과 성공을 주는 탐욕의 신을 믿고 있지는 않은지, 십자가를 지기까지 자신의 생명을 내어주신 예수님을 믿고 있는지… 십자가는 날마다 나를 돌아보게 하는 거울입니다.

요즘 한국 교회에는 예수님의 십자가와는 전혀 상관이 없는 가짜 복음이 '은혜'라는 이름으로 유통됩니다. 수만 명의 교인을 자랑하는 한 교회의 목사가 십일조를 하지 않으면 암에 걸린다는 설교를 해서 세상의 조롱거리가 되기도 했습니다. 또 한 목사는 '솔로몬이 1천 마리의 송아지를 드렸기에 그 냄새에 놀란 하나님이 축복해 주신 것'이라는 설교를 하기도 했습니다. 사람들의 욕망을 부추기며 예수님의 십자가와는 아무 상관없는 탐욕의 신을 팔아먹은 것이지요.

사도 바울은 갈라디아서에서 "그리스도의 은혜로 너희를 부르신 이를 이같이 속히 떠나 다른 복음을 따르는 것을 내가 이상하게 여기노라"(1장 6절)며 우리 주위에 '다른 복음'이 있음을 주의하라고 경고합니다. 예수님의 십자가 은혜로 하나님 앞에 선 자들이 십자가와는 전혀 다른 복음을 추종하기 때문입니다.

사도 바울은 기적을 체험하고도 넘어진 이스라엘 백성들을 거울삼아 우리 자신을 돌아보라고 강조했습니다(고린도전서 10장 1~6절). 이스라엘 백성들의 행실이 우리의 거울이라면, 십자가는 우리가 나아갈 방향의 거울입니다.

오늘도 십자가 앞에 서서 내 자신을 바라봅니다. 하늘 영광 다 버리고 낮은 곳에 임하신 예수님 앞에서 더 높아지고 싶어 하는 내 마음을 비춰 봅니다. 제자들의 더러운 발을 씻겨 주신 예수님

앞에 섬김을 받고 싶어 하는 내 자신을 돌아봅니다. 권력과 부를 다 준다는 사탄의 유혹을 물리치신 예수님 앞에 오늘도 부와 권력을 쥐기 위해 안달하는 못난 내 모습을 비춰 봅니다. 자기 목숨까지 십자가에 매달며 다 버리신 예수님 앞에 복을 좀 더 달라고 징징거리는 못난 내 모습을 봅니다.

사도 바울은 "너희는 믿음 안에 있는가 너희 자신을 시험하고 너희 자신을 확증하라"(고린도후서 13장 5절)고 강조했습니다. 우리는 매일 십자가 앞에 서서 자신을 돌아봐야 합니다. 십자가는 오늘 내가 탐욕의 다른 복음을 따라가고 있지 않은지, 하나님 앞에 바로 서 있는지 돌아보게 하는 거울입니다.

날마다 성장하는 나무처럼

"나는 하나님의 집에 있는 푸른 감람나무 같음이여 하나님의 인자하심을 영원히 의지하리로다"(시편 52편 8절)라는 말씀이 떠오르는 우람한 나무 십자가입니다. 성경은 종종 하나님의 자녀들을 나무에 비유합니다. 시편 1편도 "시냇가에 심은 나무가 철을 따라 열매를 맺으며 그 잎사귀가 마르지 아니함 같으니, 그가 하는 모든 일이 다 형통하리로다"라고 싱그러운 나무와 같은 하나님 자녀의 삶을 노래합니다.

신앙은 고정되거나 정체된 삶이 아닙니다. 신앙은 날마다 자라가는 나무와 같습니다. 베드로는 "오직 우리 주 곧 구주 예수 그리스도의 은혜와 그를 아는 지식에서 자라가라"(베드로후서 3장 18절)며 성장하는 신앙에 대해 이야기했습니다. 또 사도 바울은 에베소서에서 우리의 성장의 목표를 '범사에 예수님까지 자라는

것'이라고 강조했습니다.

"¹³우리가 다 하나님의 아들을 믿는 것과 아는 일에 하나가 되어 온전한 사람을 이루어 그리스도의 장성한 분량이 충만한 데까지 이르리니, ¹⁴이는 우리가 이제부터 어린 아이가 되지 아니하여 사람의 속임수와 간사한 유혹에 빠져 온갖 교훈의 풍조에 밀려 요동하지 않게 하려 함이라. ¹⁵오직 사랑 안에서 참된 것을 하여 범사에 그에게까지 자랄지라. 그는 머리니 곧 그리스도라."(에베소서 4장 13~15절)

나무는 죽을 때까지 성장합니다. 나무는 늘 같은 자리에 서 있지만 어제의 그 나무가 아닙니다. 하루가 지난만큼 더 성장합니다. 나무는 고정된 틀을 갖지 않습니다. 나무는 산소를 만들고, 꽃을 피우고, 열매를 만들며, 날마다 변화하고 성장합니다.

십자가를 지고 하나님의 자녀로 산다는 것은 나무와도 같습니다. 성장하고 변화하는 것입니다. 베드로의 말씀처럼, 예수 그리스도의 은혜와 그를 아는 지식에서 날마다 더 자라가는 것이요, 사랑 안에서 예수님에게까지 자라는 것입니다. '앎'은 '삶'으로 나타납니다. 예수님을 아는 지식이 자란 만큼 삶에서 예수님을 닮아 가는 향기로운 삶으로 변화되는 것을 말합니다. '예수님처럼' 되는 것이지요.

십자가를 지고 예수님을 따르는 삶이란 거창한 데 있지 않습니다. 어제보다 오늘이, 오늘보다 내일이 조금 더 예수님을 닮아가는 것입니다. 그러나 오늘날 교회에서 이런 변화의 가르침을 만나긴 참 어렵습니다. 그리스도인이 된다는 것은 거듭나는 자가 되는 것인데, 거듭남엔 고통이 따르기 때문입니다. 사람들이 불편해한다는 이유로, 그저 예수를 믿으면 만사형통한다는 거짓 복음을 전하는 교회들이 넘쳐납니다.

한국 교회가 병든 것은 '열심'만을 강조하며 '변화'를 추구하지 않기 때문입니다. 열심히 예배를 드리고 교회에서 봉사하는 것을 신앙의 성장이라고 생각합니다. 그러나 사도 바울은 '열심'이 아니라, 옛 사람과 그 행위를 벗어 버리고 우리를 창조하신 하나님의 형상을 따라 지식에까지 새롭게 하심을 입은 새사람이 되라고 강조했습니다.

"⁹너희가 서로 거짓말을 하지 말라. 옛 사람과 그 행위를 벗어 버리고 ¹⁰새사람을 입었으니, 이는 자기를 창조하신 이의 형상을 따라 지식에까지 새롭게 하심을 입은 자니라."(골로새서 3장 9~10절)

삭개오가 예수님을 만났습니다. 세상으로부터 손가락질 받던 세리장이 삭개오였습니다. 그러나 예수님을 만나고 그의 삶이 변화되었습니다. 세리장이를 그만둔 것이 아닙니다. 삭개오는 자신의 재산의 절반을 내놓고, 이전에 누군가의 재산을 착취한 게 있으면 네 배로 갚겠다고 회개했습니다. 예수님을 만난 후 세리장이라는 그의 삶의 자리는 여전했지만 이전과는 전혀 다른 가치를 추구하는 변화된 삶을 살게 된 것입니다.

많은 사람들이 예수님을 만났다고 고백합니다. 평생을 하나님께 헌신하겠다며 신학교에 입학하기도 합니다. 그러나 세상에서 신학교로 삶의 자리가 바뀌었는데도 이전에 추구하던 것을 여전히 추구하며 전혀 달라지지 않는 모습의 사람들이 많습니다. 예수님을 만나면 삶의 자리가 달라지기보다 추구하는 삶의 가치와 방향이 바뀌어야 합니다.

많은 이들이 '열심'의 감옥에 갇혀 교회 성장의 도구로만 살아가기 쉽습니다. 그것이 하나님을 위한 일이라고 착각하기도 합니다. 유아기적 신앙에 멈춰 더 이상 예수님을 닮아 가는 성장을 하지 않습니다. 세상과 이웃에게 빛과 소금의 역할을 하지 못합니다.
예수님은 우리에게 열심을 강조하신 적이 없습니다. 변화, 곧 거듭나라고 말씀하셨습니다. 거듭남은 이전에 추구하던 가치를 벗어 버리는 것입니다. 나무처럼 땅에 뿌리를 내리고 있으되 하늘을 향해 날마다 더 성장하는 것입니다.

내 삶의 뿌리

나무는 튼튼한 기둥과 초록 잎사귀와 꽃과 열매가 있습니다. 그러나 그게 전부가 아닙니다. 숨어 있는 뿌리가 있습니다. 조선의 건국 이야기를 담은 《용비어천가》(龍飛御天歌) 제2장 첫 구절에 "뿌리 깊은 나무는 바람에 아니 흔들리고 꽃 좋고 열매도 많다"고 노래한 것처럼, 뿌리는 땅 밑 깊은 곳에 감춰 있어 보이지 않지만 나무에게 가장 중요한 존재입니다. 뿌리가 없으면 나무는 설 수 없습니다. 나무가 넘어지지 않고 하늘을 향해 굳건히 서 있는 것은 뿌리 때문입니다.

뿌리는 어두운 땅 속을 헤집고 물을 찾아다닙니다. 때론 딱딱한 바위를 뚫어야 할 때도 있습니다. 이렇게 힘들게 찾아낸 물을 나무 전체에 골고루 보내줍니다. 잎사귀로 보내 맑은 산소를 만들고, 예쁜 꽃을 피우고, 풍성한 열매를 맺게 합니다. 만약 뿌리

가 없다면, 나무는 서 있을 수도 없고, 꽃을 피울 수도 열매를 맺을 수도 없습니다. 뿌리가 없으면 나무는 존재할 수 없습니다.

뿌리는 나무에게 가장 중요한 존재입니다. 그러나 뿌리는 내 공이 크다고 자신을 내세우지 않습니다. 내가 고생해서 물을 찾아 공급한 덕분에 너희들이 살아가고 있으니 내게 멋진 한자리 달라고도 하지 않습니다. 뿌리는 자신의 고생을 알아주지 않아도, 수고를 인정해 주지 않아도, 나무가 더 튼튼해지고 잎사귀가 무성해지며 아름다운 꽃을 피우고 탐스런 열매가 풍성히 맺히는 것으로 만족합니다.

교회는 십자가 위에 서 있습니다. 십자가는 우리 신앙의 뿌리입니다. 예수님의 십자가의 피로 죄 용서함을 받았고, 십자가 안에서 하나님께 나아감을 얻었습니다. 오늘도 십자가 안에서 긍휼하심을 얻고 하나님을 아버지라 부르며 우리에게 필요한 은혜와 능력을 얻습니다. 십자가 안에서 부활의 영광을 소망하며 살아갑니다.

교회의 뿌리는 십자가입니다. 그런데 오늘의 교회는 십자가를 잃어버렸습니다. 교회 종탑마다 십자가가 걸려 있지만 그저 장식물에 불과합니다. 오늘날 교회는 십자가의 의미도 십자가의 능력도 잃어버렸습니다. 설교는 넘쳐나지만 십자가 설교를 듣기 어려울 만큼 더 이상 교회에서 십자가를 찾기 힘듭니다.

나무에게 뿌리가 없다면 성장을 기대할 수 없습니다. 뿌리 없는 나무를 기다리는 것은 말라 죽는 일뿐입니다. 나무는 뿌리에서 빨아올린 물을 먹고 생명을 유지하며 성장합니다.

나무가 성장하기 위해서는 날마다 뿌리에서 물을 공급받아야 하듯, 우리의 신앙이 성장하기 위해서는 날마다 십자가에서 생명수를 받아야 합니다. 건강한 신앙, 건강한 교회가 되기 위해 십자가에 깊이 뿌리 내려야 합니다. 십자가는 예수님을 처음 믿을 때만이 아니라 매일 매순간 우리에게 필요합니다. 십자가는 내가 매일 하나님의 생수를 공급받는 은혜의 샘이기 때문입니다.

십자가에 깊이 뿌리내릴 때 거센 폭풍우에도 흔들리지 않고 오랜 가뭄에도 시들지 않는 하나님의 나무로 성장하게 됩니다.

"시냇가에 심은 나무가 철을 따라 열매를 맺으며 그 잎사귀가 마르지 아니함 같으니, 그가 하는 모든 일이 다 형통하리로다."
(시편 1편 3절)

추운 겨울 하얀 눈밭을 걷다 뒤돌아보면 내가 걸어 온 발자국이 비뚤 빼뚤입니다. 다시 목표를 정해 놓고 똑바로 걸어 보지만 역시 비뚤 빼뚤한 것은 달라지지 않습니다. 눈길에 찍힌 내 발자국이 비뚤 빼뚤인 것처럼, 하나님을 더 잘 믿고 싶고, 더 잘 살아 보고 싶고. 더 멋지게 성공하고 싶었지만 돌아 보면 실망과 후회로 가득한 우리 마음입니다. '나는 왜 이렇게 못났을까?' 하며 자책을 하기도 합니다.

인생은 실패의 연속입니다. 성경의 많은 믿음의 조상을 보십시오. 첫 인류인 아담부터 아브라함, 모세, 다윗 등 성경에 나오는 모든 이들이 실수와 실패의 연약한 사람들이었습니다. 성경은 하나님께 헌신한 완벽한 사람들의 이야기가 아니라, 하나님의 기적과 사랑을 수없이 체험했음에도 불구하고 넘어지고 또 넘어진 실패자들의 이야기입니다. 성경은 우리에게 완벽한 삶을 요구하지 않습니다. 우리의 연약함 가운데 임하시는 하나님의 역사를 강조합니다.

성경의 인물 중 대표적인 실패자를 꼽으라면 사도 베드로를 들 수 있습니다. 예수님이 잡히시기 전날 밤, 예수께서 제자들에게 오늘 밤 너희들이 다 나를 버리고 도망가게 될 것이라고 말씀하셨습니다. 베드로는 다른 제자들은 다 도망가도 자신만은 예수님을 버리지 않을 거라고 장담했습니다.

"오늘 밤 닭이 울기 전에 네가 나를 세 번 부인하리라"는 예수님 말씀에 베드로는 "절대 아닙니다. 내가 예수님과 함께 죽을지언정 절대로 주님을 부인하지 않을 것입니다"라며 감옥뿐만 아니라 죽는 곳까지도 예수님과 함께하겠다고 큰소리를 쳤습니다.

예수님이 유대인들에게 붙잡히자 베드로는 멀찍이서 대제사장 뜰까지 따라갔습니다. 사람들에게 주먹으로 맞고, 뺨을 맞고, 침 뱉음과 조롱을 당하는 예수님의 모습을 지켜보았습니다. 지난 3년 동안 베드로는 예수님의 놀라운 기적을 수없이 보았고, 예수님을 하나님의 아들이라고 고백했습니다. 그런데 하나님의 아들이 사람들에게 얻어맞는 무기력한 모습을 보며 베드로는 혼란에 빠졌습니다.

마침 이때 계집 종 하나가 '당신도 저 예수와 함께 있던 자'라고 하니 베드로는 '네가 말하는 것이 무슨 말인지 모르겠다'고 부인하며 자리를 피했습니다. 조금 전 감옥뿐 아니라 죽음까지도 함께하겠다던 호언장담은 어디 가고, 계집 종의 한마디에도 벌벌 떠는 겁쟁이가 되었습니다.

예수님을 따르던 그 많은 사람들이 다 예수님을 버렸습니다. 예수님과 3년을 함께 먹고 자던 열두 명의 제자들 역시 위험이 닥치자 예수님을 버렸습니다. 예수님의 모든 제자들은 실패자였습니다. 그러나 그들의 실패가 끝이 아니었습니다. 예수님은 부활하신 후 두려움에 떨고 있는 제자들을 찾아가셨습니다. 예수님은 내가 3년이나 가르쳤는데 어떻게 나를 버릴 수 있었느냐고 책망하지 않으셨습니다. 예수님은 두려움에 사로잡힌 제자들을 위로하고 절망에 빠진 그들에게 다시 용기를 주며 새 출발을 하게 하셨습니다. 예수님은 제자들에게 다시 시작할 힘과 능력을 주어 그들의 실패를 새로운 시작점으로 만드셨습니다.

우리가 잘 아는 믿음의 조상 아브라함도, 모세도, 다윗도, 노아도, 사도 바울도 연속되는 실수와 실패의 사람들이었습니다. 성경은 완벽하고 거룩한 사람들의 이야기가 아니라 넘어지고 실수투성이인 사람들의 이야기입니다. 성경은 완벽하고 멋진 사람

들이 아니라 우리처럼 허물 많은 사람들을 통해 역사하시는 하나
님의 능력을 보여 줍니다.

여기에 신앙의 신비가 있습니다. 하나님은 우리 힘과 노
력으로 실패하지 않는 완벽한 삶을 살라고 말하지 않으십니
다. 우리의 실수와 넘어짐과 연약함 가운데 그럼에도 불구하고
하나님을 의지하며 하나님의 힘으로 이 세상을 살아가라고 하십
니다. 내가 어쩔 수 없는 바보 같은 내 모습에 크신 사랑과 은총
으로 임하시는 하나님을 날마다 의지하라고 하십니다.

오늘 내게 필요한 것은 새로운 헌신을 다짐하는 것이 아닙니
다. 내 삶의 모든 순간마다 십자가를 의지하는 법을 배우는 것입
니다. 십자가 앞에 나아감이란, 내 연약함과 실패를 하나님의 새
역사로 만들도록 맡겨 드리는 것입니다.

내가 이루지 못한 계획과 실수와 실패들이 마음을 아프게 합
니다. 그러나 이제 내 연약함 가운데 강함으로 임하시는 주님을
만나야 합니다. 한 시인은 이렇게 노래했습니다.

나는 나의 실패를 드리고, 주님의 용서를 받을 것이다.

나는 기꺼이 나의 어리석음을 인정하고, 하나님의 지혜를 구할
것이다.

내가 나의 연약함을 인정하면, 하나님의 놀라운 능력이 내게 나타날 것이고,

내가 나의 두려움을 인정하면, 하나님의 용기로 대신 될 것이며,

나의 이기심은 하나님의 사랑으로 바뀌게 될 것이다.

십자가는 나의 연약함을 드리고 주님의 강함으로 거듭나는 자리입니다. 길 잃은 양을 찾아오신 선한 목자 예수님이 들고 오신 복음은 실패자들을 향한 하나님의 사랑의 편지입니다.

부활의 문을 여는 열쇠

안식일이 지나고 첫날 이른 새벽, 세 여인이 예수님의 무덤을 찾았습니다. 누구보다 예수님을 사랑하고 열심히 헌신했던 여인들이었습니다. 아리마대 사람 요셉이 예수님의 시신을 세마포로 싸서 돌무덤에 묻었기에, 온몸이 피투성이인 예수님의 시신을 닦고 바르기 위한 향료를 들고 찾아왔습니다. 그런데 무덤을 찾은 이 여인들에게 한 가지 걱정이 있었습니다. 무덤의 입구를 막고 있는 커다란 돌덩이를 어떻게 움직여야 하나 하는 것이었습니다.

이 여인들은 예수님을 따라다니며 생명의 말씀을 들었습니다. 병자들을 고치고 죽은 이를 살리는 예수님의 놀라운 기적을 수없이 보았습니다. 아무도 찾지 않는 어둔 새벽에 누구보다 일찍 예수님의 무덤을 찾아올 만큼 열심도 있었습니다.

그러나 지금 이 여인들이 찾는 예수는 죽은 예수였습니다. 돌

무덤의 입구를 어떻게 열어
야 할지 염려한 것은 아무 소
용이 없었습니다. 이미 무덤
이 열려 있었기 때문입니다.
여인들이 들고 온 향료 역시
아무 쓸 데가 없었습니다. 예
수님은 다시 살아나셨기 때
문입니다.

　새벽에 돌무덤을 찾아간
여인들처럼, 우리 역시 예수
님 앞에 나갑니다. 예수님을
사랑한다고 고백하며 찬양을

드립니다. 문제는 죽음을 이기고 다시 살아나신 예수님이 아니라 무덤 속의 죽은 예수님을 예배한다는 것입니다. 많은 사람들이 예수를 믿는다고 말합니다. 그러나 자세히 들여다보면 그들이 믿는 예수는 '죽은 예수'입니다. '예수'라는 죽은 신을 열심히 섬길 뿐입니다.

만약 내가 죽음을 이기고 다시 살아나신 예수님을 믿는 것이라면, 왜 그토록 많은 염려 속에 살아가는 것일까요? 향료를 들고 찾아와 누가 돌문을 옮겨 줄 수 있을까 고민했던 여인들의 걱정처럼, 우리가 안고 있는 그 많은 염려와 두려움은 모두 쓸모없는 것이 됩니다. 예수님은 다시 살아나신 주님이시기 때문입니다. 죽은 예수님을 찾는 여인들에게 천사가 말합니다.

"놀라지 말라. 너희가 십자가에 못 박히신 나사렛 예수를 찾는구나. 그가 살아나셨고 여기 계시지 아니하니라. 보라, 그를 두었던 곳이니라."(마가복음 16장 6절)

오늘 우리는 어떤 예수를 찾고 있을까요? 오늘도 염려와 근심을 안고 죽은 예수를 찾는 우리에게 천사가 말합니다. "보라! 여기 네가 찾는 죽은 예수는 없노라."

예수님이 십자가에 달려 죽자 많은 사람들이 그의 곁을 떠났습니다. 모든 게 끝났다고 생각했기 때문이지요. 그러나 예수님의 십자가는 끝이 아니었습니다. 십자가는 부활의 문을 여는 열쇠였습니다. 십자가는 영원한 승리의 서막이었습니다.

많은 이들이 십자가에서 그저 고통과 슬픔만을 생각합니다. 그러나 우리는 십자가에서 들려오는 하나님의 승리의 함성을 들을 수 있어야 합니다. 죽음을 이기고 활짝 피어나는 부활의 영광을 볼 수 있어야 합니다.

십자가는 우리에게 죽은 예수님이 아니라 다시 살아나신 예수님, 저 멀리 하늘에 계신 예수님이 아니라 내 곁에서 날마다 동행하시는 예수님을 바라보라고 합니다. 내 모든 염려와 절망을 안고 십자가에서 죽고 다시 살아나신 예수님이 내 삶의 모든 순간에, 내가 있는 모든 자리에 나와 함께하시기 때문입니다.

십자가 앞에 나가 살아계신 예수님께 내 모든 염려를 맡기십시오. 부활의 능력으로 내게 임하시는 주님과 함께 기뻐하십시오. 우리가 기뻐하며 감사하는 가운데 생명을 주관하시는 주님이 우리의 아픔을 치유하고 우리의 문제를 풀어 가실 것입니다.

하늘로 날아오르는 날개

새에 얽힌 전설이 하나 있습니다. 하나님이 처음 새를 만드셨을 때는 날개가 없었다고 합니다. 그러던 어느 날 새들에게 날개를 달아 주시며 "너희들이 하늘을 마음껏 날기 위해서는 이 날개를 다는 것이 좋겠다"고 말씀하셨지요. 그러나 땅 위에 사는 데 익숙해진 많은 새들이 날개를 무겁고 귀찮은 것으로 여겼습니다. 그동안 날개 없이도 먹을 것을 실컷 찾을 수 있었고, 좀 느리긴 하지만 걷고 뛰며 행복하게 살 수 있었기 때문입니다.

하나님 말씀에 순종해 등에 날개를 단 새들은 한동안 고생을 했습니다. 처음엔 날개가 익숙하지 않고 오히려 무거운 짐 덩어리 같았습니다. 그러나 하루 이틀 시간이 흐르고, 한 번 두 번 날갯짓에 익숙해지자 짐스러웠던 날개가 어느 순간 몸의 일부가 되었습니다. 하늘 높이 마음껏 날아다닐 수 있게 되었고, 높은 나무

가지 위에도 쉽게 오를 수 있고, 강과 바다도 쉽게 건널 수 있었습니다. 이제 날개를 단 새들에겐 거칠 것이 없었습니다. 그러나 불편하고 무겁다는 이유로 날개를 벗어 버린 새들은 얼마 지나지 않아 다른 들짐승들의 먹잇감이 되고 말았습니다.

아파트 울타리를 타고 오르는 마 넝쿨의 잎사귀 두 장이 마치 하늘로 날아오르는 날개처럼 보입니다. 파란 하늘을 훨훨 날아가는 새를 바라보며 '내게도 날개가 있다면' 하는 마음을 누구나 한 번쯤 품어 보았을 것입니다. 하나님이 우리에게 하늘로 날아오를 멋진 날개를 주셨습니다. 십자가입니다.

십자가! 많은 이들이 십자가를 무거운 짐이라고 생각합니다. 불편하고 고통스러운 가시 같은 것으로 여깁니다. 십자가 말고 그냥 하나님이 주시는 복 가운데 편안히 살고 싶어 합니다. 그러나 그리스도인은 하늘 본향을 향해 날아가는 새입니다. 십자가 날개가 없이는 하늘을 날아오를 수 없습니다.

날개가 무겁고 불편하다고 날개를 벗어 버린 새들이 들짐승에게 잡아먹힌 것처럼, 우리가 더 높이 날아오르기 위해서는, 하늘 본향으로 날아오르기 위해서는 십자가 날개가 없으면 안 됩니다.

십자가를 지는 일이 처음엔 익숙하지 않아 불편하고 짐스럽고 어렵습니다. 이 십자가가 나를 어느 곳으로 인도할지, 내일 어떤 일이 벌어질지 두렵기도 합니다. 그러나 무거운 십자가를 지고 골고다 언덕을 오르신 예수님 곁에서 내 멍에의 작은 십자가를 지고 따라가다 보면, 어느 순간 십자가는 하늘 높이 인도하는 날개가 될 것입니다.

하나님은 우리 각 사람을 특별한 존재로 창조하셨습니다. 이 세상 어디에도 나와 똑같은 사람은 없습니다. 세상 그 누구와도 동일하지 않은 재능과 은사와 잠재력과 꿈과 열망을 통해 나만의 고유한 은사를 개발할 기회를 주셨습니다. 그러나 하나님은 내게 부족함과 못남과 허물과 연약함도 함께 주셨습니다. 오늘 내가 하늘을 날기 위해서는 내게 있는 장점과 단점이 모두 필요합니다. 이는 나만의 역사를 만들기 위해 하나님이 주신 선물이기 때문입니다.

오늘 내가 져야 할 십자가는 불편한 짐이 될 수 있습니다. 그러나 십자가를 내 것으로 받아들이고 조금씩 앞으로 나아가다 보면, 어느 날 그 십자가가 날개가 되어 저 하늘 높이 날아가는 내 자신을 보게 될 것입니다.

날마다 새로운

    풀잎 끝에 맺힌 동그란 새벽이슬 속에 십자가가 담겨 있습니다. 이슬방울 속에 담긴 십자가는 아침마다 새로운 하나님의 사랑을 노래하고 있었습니다.

    예레미야애가 3장 23절은 하나님의 인자와 긍휼하심이 "아침마다 새로우니 주의 성실하심이 크시도소이다"라고 노래합니다. NIV 영어성경은 매일 아침마다 새롭게 우리를 찾아오는("they are new every morning") 하나님의 사랑이라고 이야기합니다.

    '하나님이 나를 사랑하신다'라는 말씀은 얼마나 내 가슴을 설레게 하는 기쁨과 감격이 될까요? 하나님의 사랑은 그저 늘 들어왔던 지겨운 단어에 불과하지 않은지요. 하나님이 나를 사랑하신다는 말은 너무 익숙하고 잘 아는 이야기이기에 새로울 것도 감동할 것도 없습니다.

새벽이슬은 오늘은 어제의 연장이 아니라고 이야기합니다. 억지로 견뎌야 할 지겨움의 연속이 아니라고 말합니다. 오늘 내가 할 일은 죽지 못해 어쩔 수 없이 해야 하는 무거운 짐이 아니라고 말합니다.

이슬처럼 날마다 새로움을 발견하는 사람은 하루하루가 천국이지만, 익숙함의 늪에 빠진 사람은 하루하루가 마지못해 살아가는 지옥이 됩니다. 내 삶을 천국과 지옥으로 만드는 것은 바로 나 자신에게 달렸습니다. 아침마다 새벽이슬 같은 하나님의 사랑을 발견하는 사람은 하루하루가 천국이 될 것이고, 익숙함의 늪에 빠진 신앙인은 무거운 짐에 눌린 지옥 같은 나날이 될 것입니다.

익숙함을 벗어나기 위해 내 자신을 돌아볼 필요가 있습니다. 많은 이들이 익숙함에 빠지는 이유는 모든 것을 당연하게 여기는 마음 때문입니다. 내가 살아 있음이 당연하고, 내 가족이 있는 것도 당연하고, 건강 역시 모두가 당연히 누리는 것이라 생각하며 무언가 새로운 것만을 찾습니다. 그러나 모든 것이 당연한 게 아니라고 생각한다면, 오늘 아침 눈을 뜨며 내가 살아 있음에 감사하고, 저 푸른 하늘을 바라볼 수 있음에 감사하고, 사랑하는 가족이 있음에 감사하게 됩니다.

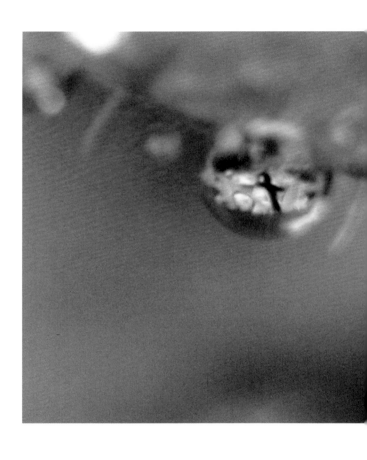

익숙함의 늪에서 벗어나는 방법이 하나 더 있습니다. '만약 없다면?'이라고 생각하는 것입니다. 하늘에 태양이 없다면 어떻게 될까요? 어둠과 추위가 덮쳐오고 생명들이 살 수 없게 될 것입니다. 오늘 저 이글거리는 태양이 너무도 당연한 게 아니라 태양이 있음으로 인해 나를 포함한 모든 생명체가 살아갈 수 있는 경이로움이 되는 것이지요.

익숙함에 빠지면 모든 것을 당연하게 여기게 됩니다. 당연하게 되면 습관적으로 행하게 되고, 습관이 되면 지루함이 찾아오고, 결국 삶의 기쁨을 상실하게 됩니다.

하나님의 사랑은 날마다 새로운데 우리의 예배가 지루한 이유는 익숙함에 빠졌기 때문입니다. 예배와 찬양이 너무 익숙합니다. 예배드림이 너무도 당연한 습관이 되어 감동을 잃어버렸습니다. 하나님 앞에 선다는 경이로움을 상실했습니다. 경건함도 없습니다. 복을 받기 위해 일주일에 한번 치러야 하는 통과의례요, 당연한 습관 중 하나일 뿐입니다.

십자가의 보혈은 날마다 새롭습니다. 십자가란 내가 처음 예수님을 믿을 때만 필요한 게 아닙니다. 십자가는 이미 약효 떨어진 교회의 상징물에 불과한 것이 아닙니다. 십자가는 2천 년 전의 한 사건이 아닙니다. 오늘도 예수님은 십자가에 달려 계십니다. '내가 목마르다'며 우리의 사랑에 목말라하십니다. 새벽이슬처럼 십자가는 날마다 새로운 하나님의 사랑입니다.

내 삶이 경이로움으로 가득해지려면 날마다 새벽이슬 같은 십자가 앞에 서야 합니다. 오늘도 십자가에 달려 목마르다 외치시는 예수님의 음성을 들어야 합니다. 날마다 십자가 아래 서서 예수님의 보혈의 피가 내게 필요하다고 고백해야 합니다.

이제 예배의 익숙함의 늪에서 빠져나와야 합니다. 당연함의 감옥에서 탈출해야 합니다. 날마다 새로운 새벽이슬처럼, 우리 안에 처음 예배드리는 자의 설렘과 경이로움을 회복해야 합니다. 십자가 은혜를 다시 알게 되면 삶의 작은 순간에도 하나님을 만나는 기쁨과 감격이 우리 안에 가득하게 될 것입니다. 날마다 십자가 앞에 서는 자는 아침마다 새로운 하나님의 사랑을 맛보게 될 것입니다.

내 안의 독수리 찾기

닭장 안에서 자란 독수리 이야기가 있습니다. 한 사냥꾼이 어느 날 사냥을 나갔다가 독수리 알 하나를 발견했습니다. 호기심에 독수리 알을 자기 집 닭장 안에 갖다 놓았습니다. 독수리 알이 달걀과 함께 부화되어 독수리 새끼가 병아리들과 함께 자랐습니다. 이 독수리는 일생 동안 자신을 닭이라고 생각했고 닭이 하는 짓을 흉내 내며 살았습니다. 땅바닥을 긁어서 벌레를 잡아먹고, 꼬꼬댁 소리를 흉내 내고, 커다란 날개를 가졌지만 기껏해야 닭처럼 두어 자씩만 푸드덕 거렸습니다. 그래야 닭다우니까요.

세월이 흘러 독수리가 매우 늙었습니다. 어느 날 무심코 하늘을 바라보니 큼직한 새 한 마리가 저 높은 하늘을 날고 있었습니다. 그 새는 세찬 바람 속에서도 아주 위풍당당하게 하늘을 날아다녔습니다. 늙은 독수리는 그 새가 부러워 입이 다물어지지 않

있습니다.

이웃 닭에게 물어 보았습니다.

"저기 높은 하늘에 저토록 멋있게 날고 있는 분이 누구죠?"

이웃 닭이 힘주어 대답합니다.

"에헴, 저분은 새들의 왕이신 독수리 님이야! 너와 나는 어림 없으니 괜히 딴생각 말라고."

이렇게 해서 독수리는 끝까지 자신을 닭이라고 여기다가 죽었다고 합니다. 자신이 누구인지, 자기에게 있는 능력이 무엇인지 몰라 닭처럼 초라하게 살다가 죽어간 불쌍한 독수리 이야기입니다.

우리는 복음의 기쁜 소식을 듣고 믿어 하나님의 자녀가 되었습니다. 그런데 하나님을 믿으면서도 하나님을 알기 이전과 같은 연약한 삶을 살아갑니다. 하나님께서 그의 자녀들에게 부어 주신 성령의 충만함과 기쁨과 능력을 모르기 때문이지요. 달라진 것은 예수 믿고 죽은 뒤 천국에 가리라는 막연한 희망 속에 주일날 교회 가는 또 하나의 짐만 늘어난 것뿐입니다.

닭과 함께 살다가 죽은 독수리가 하늘을 날기 위해 필요했던 것은 커다란 날개가 아니었습니다. 독수리는 이미 크고 멋진 날개를 가지고 있었습니다. 독수리가 하늘을 날기 위해 필요한 것은 자신이 독수리임을 깨닫는 것뿐이었습니다. 만약 자신이 닭이 아니고 독수리라는 사실을 알았다면, 그는 이미 자신에게 있는 날개를 펼쳐 저 푸른 하늘 위로 날아갔을 것입니다.

사도 바울은 놀라운 신앙의 비밀을 이렇게 강조했습니다.

"17우리 주 예수 그리스도의 하나님, 영광의 아버지께서 지혜와 계시의 영을 너희에게 주사 하나님을 알게 하시고, 18너희 마음의 눈을 밝히사 그의 부르심의 소망이 무엇이며 성도 안에서 그 기업의 영광의 풍성함이 무엇이며 19그의 힘의 위력으로 역사하심을 따라 믿는 우리에게 베푸신 능력의 지극히 크심이 어떠한 것을 너희로 알게 하시기를 구하노라."(에베소서 1장 17~19절)

이 말씀을 딱 두 마디로 줄이면 '하나님을 알고, 너 자신을 알라'입니다. 신앙이란 아주 간단합니다. 첫째는 하나님의 사랑이 얼마나 큰지 바로 아는 것입니다. 둘째는 예수님의 십자가 안에 있는 내가 누구인지 바로 아는 것입니다.

이 세상을 힘겹게 살아가는 그리스도인들에게 필요한 것은 무엇일까요? 닭장 안의 독수리가 하늘을 날아오르기 위해 자신이 독수리임을 깨달아야 하는 것처럼, 내가 이 세상에서 승리하는 삶을 살기 위해서는 예수 그리스도의 십자가 안에서 내가 이미 하늘 아버지의 사랑스런 딸이요 아들이 되었음을 깨닫는 것입니다.

내가 하나님께 사랑받는 딸이요 아들이기에 하나님 아버지 앞에 기쁨과 감사로 당당하게 나가 하나님이 자녀들에게 부어 주신 자유와 기쁨과 승리의 능력을 누리는 것입니다.

내가 예수님의 십자가의 피로 하나님께 사랑받는 자녀가 되었음을 깨닫는다면, 내 안에 하나님이 능력으로 임하고 계심을 믿는다면, 독수리가 날개 치며 하늘을 향해 오르듯 우리도 승리의 날개를 펼치게 될 것입니다.

쓸모없음의 새로운 변신

유리 십자가 앞에 개망초가 활짝 피었습니다. 개망초는 우리가 흔히 잡초라고 부르는 대표적인 풀입니다. 국어사전은 잡초를 "가꾸지 않아도 저절로 나서 자라는 여러 가지 풀"이라고 해석하고 있습니다. 흔히 우리는 잡초를 뽑아 버려야 할 쓸모없는 풀이라고 이야기합니다. 그래서 잘나지 못한 우리 자신을 일컬어 잡초 같은 인생이라고도 합니다.

하나님 나라를 전하러 오신 예수님은 성전을 섬기는 제사장과 바리새인들과 함께하지 않으셨습니다. 하나님을 잃어버린 죄인과 세리, 창녀 등 세상으로부터 손가락질 받는 잡초 같은 인생들과 어울리셨습니다. 예수님은 그들과 함께 웃고 식사하며 그들의 아픔을 치유해 주셨습니다. 예수님을 만나기 전에 그들은 사람이 아니라 죄인이었습니다. 그러나 예수님을 만난 후 그들은 위르겐 몰트만(Jürgen Moltmann)은 예수님께서 가난한 자와 죄인, 세리를 영접하고 함께하심을 "그들에게 '하나님의 자녀'라는 새로운 존엄성을 회복시켜 주신 것. 쓸모없음, 무가치한 자, 실패자, 낙오자라는 사회의 판단과 가치 기준을 거부하고 하나님의 눈으로 새롭게 바라볼 것을 주문하신 것"이라고 해석했습니다.

예수님은 가치 기준을 뒤바꾸신 혁명가셨습니다. 실패와 쓸모없음의 가치를 바꾸셨습니다. 세상 사람들의 눈에는 쓸모없는 실패자에 불과했지만, 가진 것 없고 병들고 무가치한 쓰레기 같은 죄인에 불과했지만, 예수님께는 소중하고 아름다운 하나님의 자녀였습니다. 예수님이 생각하신 하나님 나라와 제사장과 바리새인이 생각한 하나님 나라가 달랐던 것이지요.

가난한 자와 세리, 죄인들과 함께 어울리셨던 예수님은 우리에게 사람을 대하는 가치 기준을 바꾸라고 요구하십니다. 예수님은 소유와 권력이라는 세상의 판단 기준을 단호히 거부하고 사람 중심의 하나님 눈으로 바라볼 것을 우리에게 요구하십니다.

언제부터인가 교회에서도 모든 판단 기준이 돈이 되었습니

다. 화려하고 반짝이는 큰 교회 건물, 헌금 액수, 자동차의 크기 등 세상의 가치가 교회에서도 가치 있는 것이 되었습니다. 십자가 앞에 흐드러지게 핀 개망초가 한국 교회에 크게 외칩니다. 쓸 모없는 잡초 같은 인생과 어울리신 예수님의 자리로 돌아가라고 말입니다.

만사형통의 우상 벗어 버리기

세상에는 기독교, 불교, 이슬람교, 힌두교 등 다양한 종교가 있습니다. 예수님을 믿는 기독교 안에도 장로교, 감리교, 침례교 등 다양한 교파가 존재합니다. 예수님을 믿는다며 성경책을 들고 교회에 나간다고 다 같은 기독교일까요? 그러나 교파는 올바른 신앙을 판단하는 기준이 아닙니다.

같은 성경을 읽고, 그 성경 속에 나오는 동일한 하나님을 믿는다고 해도 신앙이 다 같은 것도 옳은 것도 아닙니다. 사람들은 자신의 해석을 통해 하나님을 만나기 때문입니다. 우리 주변에는 하나님의 이름으로, 신앙의 이름으로 병든 이들이 많습니다. 교회를 다니기에 더 병들어 가는 사람들도 많습니다. 잘못된 하나님을 믿기 때문이지요.

많은 신앙인들이 하나님이 어떤 분이신가엔 별로 관심이 없습니다. 하나님과의 관계도 크게 상관하지 않습니다. 그저 자신들의 행위에만 만족할 뿐입니다. 열심히 예배 드리고 헌금을 낸 나의 행위에 대해 하나님이 마땅히 복을 주셔야 한다고 착각하며 신앙생활을 합니다. 그들이 믿는 하나님은 성공과 출세를 보장하는 하나님입니다. 부를 보장해 주시는 하나님입니다. 우리 삶의 모든 일을 형통케 하신다는 거짓을 보장하는 하나님입니다.

우리의 신앙이 참인지 거짓인지 분별하는 하나의 기준이 있습니다. 십자가입니다. 십자가는 성공의 하나님을 말하지 않습니다. 십자가는 복을 보장하는 하나님도 말하지 않습니다. 십자가는 세상으로부터 버림받음을 말합니다. 십자가는 외로움과 좌절을 말합니다. 세상의 기준으로 보면, 아니 사탄의 기준으로 보면 십자가에 달린 예수님은 철저한 패배자였습니다. 그러나 하나님은 이 패배를 통해 하나님의 나라를 이뤄 가십니다.

만사형통의 하나님을 믿는 사람들은 조그만 문제가 생겨도 "하나님, 왜?"라며 따집니다. 문제가 점점 더 얽히고 어려워지면 만사형통케 한다던 하나님께 실망하고 신앙을 등지기도 합니다.

그들은 고통 중에 함께하시는 하나님을 알지 못합니다. 하나님은 아파하는 자와 함께 아파하시고, 우는 자와 함께 우시는 하나님입니다. 하나님은 판단자가 아니십니다. 평가자도 아닙니

다. 우리의 삶을 보고 성적을 매기시는 분도 아닙니다.

이제 우리는 힘 센 하나님이라는 우상으로부터 벗어나야 합니다. 성공과 부를 보장하는 하나님이라는 우상도 버려야 합니다. 기복적인 신앙을 강조하면 교회는 성장하지만 그 교회의 교인들은 참된 하나님의 자녀로 성장하지 못합니다.

시편 23편에서 다윗은 푸른 초장과 쉴 만한 물을 제공하는 하나님만 고집하지 않았습니다. 빛이 보이지 않아 숨이 막혀 죽을 것 같은 사망의 골짜기에서조차 하나님이 함께하시고 악에서 지키신다고 확신했습니다.

성공과 출세를 보장하는 하나님은 우리의 아픔과 죄를 어찌하지 못합니다. 그 하나님은 우리의 넘어짐을 설명할 수 없습니다. 우리가 넘어질 때 하나님이 외면하신 것이거나 안 계신 것이기 때문입니다. 그러나 우리와 함께하시는 하나님은 우리와 함께 아파하고 함께 울며 우리의 연약함을 친히 담당하시어 우리를 더 높은 곳으로 이끄시는 하나님입니다.

건강한 교회, 좋은 목회자는 교회의 크기와 교인의 수와는 아무 상관이 없습니다. 참신앙, 건강한 신앙의 비결은 오직 한 가지, 예수님의 십자가뿐입니다. 우리가 믿는 하나님이 참하나님인지 가짜 하나님인지 구별하는 것도 딱 한 가지, 예수님의 십자가뿐입니다.

예수님의 이름을 부르지만 십자가가 없는 예수님은 가짜입니다. 사도 바울은 예수님의 십자가를 하나님의 비밀이라고 했습니다. 하나님은 예수님의 십자가 안에 모든 것을 감춰 놓으셨습니다. 십자가는 하나님의 영원한 계획이요, 하나님의 가장 놀라운 신비입니다. 십자가만이 우리를 가짜 하나님 우상으로부터 벗어나게 해줍니다.

위대하고 강하신 하나님

'위대하고 강하신 하나님!' 우리가 즐겨 부르는 복음성가의 노랫말입니다. 하나님의 위대하심과 강함은 어디에 있을까요?

우리 마음에 간직된 강한 하나님의 이미지는 이스라엘 백성을 애굽에서 끌어낸 열 가지 재앙을 일으키신 하나님, 홍해를 갈라 이스라엘 백성을 건너게 하시고 애굽 군대를 몰살시킨 하나님, 기드온의 300명의 군사로 적을 물리친 하나님입니다. 이런 하나님을 믿고, 그 강하신 하나님이 내 삶에 기적을 일으켜 주시기를 간절히 기도하며 살아갑니다.

그러나 현실은 늘 우리의 믿음을 배반합니다. 세상에 전쟁이 일어나도 하나님은 침묵하십니다. 억울한 자들이 넘쳐 나도 하나님은 외면하십니다. 하나님이 계시지 않는 것 같습니다. 그래서 사람들이 신앙을 저버리기도 합니다.

진짜 하나님은 어디에 있을까요? 십자가는 지금까지 우리가 믿어 온 하나님의 강함에 대한 생각을 바꾸라고 말합니다. 하나님은 예수님 안에 있습니다. 예수님을 통해 보여 주시는 하나님만이 참하나님이십니다. 예수님이 우리에게 보여 주신 하나님은 그동안 우리가 믿어 온 하나님을 배반케 합니다.

하나님은 화려한 궁전에 임하시지 않고 세상에서 가장 추하고 낮은 마구간에 임하셨습니다. 하나님은 왕과 부자와 권력자의 모습으로 오시지 않고 시골 가난한 목수의 아들로 태어나 노동자로 사셨습니다. 로마의 압제로부터 구해 줄 강한 메시아를 기다리던 이스라엘 백성들에게 예수님은 처절한 실패자의 모습으로 십자가에 달려 죽었습니다. 그들의 메시아 환상은 깨졌습니다.

강함이란 힘의 세기만을 의미하지 않습니다. 세상에서 가장 강한 것은 사랑입니다. 사랑은 목숨까지도 버리는 자기 희생입니다. 어머니의 사랑이 가장 위대하다고 이야기하는 이유이지요. 하나님의 강하심은 지진과 바람에 있지 않습니다. 하나님의 위대하심과 강하심은 그분의 사랑에 있습니다.

하나님 사랑의 가장 위대함은 십자가에 있습니다. 십자가는 하나님의 강하심을 보여 주는 증거입니다. 십자가를 통해 사탄의

궤계를 물리치고 영원한 승리를 이루셨으며, 우리에게 구원의 길을 열어 주셨기 때문입니다. 십자가보다 더 큰 하나님의 위대하심과 강하심은 없습니다.

십자가에서 만나는 하나님은 우리에게 익숙한 크고 강하신 하나님과는 정반대입니다. 그래서 많은 신앙인들이 위대하고 강하신 하나님과 십자가에 달린 연약한 하나님이라는 모순을 받아들이기 힘들어합니다. 이스라엘 백성들처럼 여전히 강한 하나님을 기대합니다.

십자가는 참된 하나님께 눈을 뜨도록 우리를 인도해 줍니다. 십자가는 크고 강함의 탈을 쓴 가짜 하나님, 만사형통케 하시는 가짜 하나님으로부터 참사랑의 하나님으로 우리를 인도해 줍니다.

빗방울이 쪼르르 맺힌 초록 잎사귀 십자가에서 우리를 향한 예수님의 눈물을 보았습니다. 예수님은 실패자였습니다. 십자가에 달려 죽으신 처절한 패배자였습니다. 그러나 하나님은 그 실패를 통해 우리에게 구원의 길을 열어 주셨습니다. 예수님의 실패가 영원한 구원의 노래가 된 것입니다.

이제 우리의 잘못된 환상을 깨트려야 합니다. 성공과 출세를 보장하는 크고 강한 하나님의 우상을 깨트리고 십자가 안에 계신 하나님을 만나야 합니다.

하늘로 인도하는 나침반

하늘에 양털 같은 뭉게구름이 두둥실 떠 있습니다. 저 뭉게구름 십자가에 안기면 예수님의 부드럽고 포근한 품이 느껴질 것만 같습니다. 망망대해에서 나침반을 바라보며 방향을 확인하듯, 인생이라는 항해에서 길을 잃지 않기 위해서는 십자가를 바라보며 하늘을 소망해야 합니다. 십자가는 하늘 본향으로 가는 여정에서 길을 알려 주는 나침반입니다.

히브리서는 "더 나은 본향을 사모하니 곧 하늘에 있는 것이라"(11장 16절)며, 그리스도인이 하늘 본향을 향해 나아가는 나그네임을 말합니다. 오늘 우리의 신앙이 병든 이유는 본향인 하늘을 소망하는 것을 잃어버렸기 때문입니다. 하늘을 잃어버리면 이 세상이 전부가 되고, 하나님은 그저 복을 주시는 마법사로 전락하게 됩니다.

사도 바울은 우리에게 '하늘에 영원한 집'(고린도후서 5장 1절)이 있고 "우리의 시민권은 하늘"(빌립보서 3장 20절)에 있기에 '하늘에 소망'(골로새서 1장 5절)을 두고 살아야 한다고 강조했습니다.

또 천상병 시인은 〈귀천〉이란 시에서 이 세상 소풍을 끝내고 하늘로 돌아간다고 노래했습니다.

나 하늘로 돌아가리라
새벽빛 와 닿으면 스러지는
이슬 더불어 손에 손을 잡고

나 하늘로 돌아가리라
노을빛 함께 단 둘이서
기슭에서 놀다가 구름 손짓하면은

나 하늘로 돌아가리라
아름다운 이 세상 소풍 끝내는 날
가서, 아름다웠더라고 말하리라.

하늘을 소망함은 우리에게 세상을 이기는 힘을 줍니다. 하늘을 소망함은 오늘의 고난을 견디는 능력이 됩니다. 초대교인들은 이 세상이 전부가 아니라 예수님을 기다리는 하늘의 소망이 있었기에 자신들이 가진 것을 나누고 서로 사랑하고 섬기며 세상의 빛 된 삶을 살 수 있었습니다. 초대교인들은 하늘을 소망했기에 그들 앞에 닥친 박해와 고난을 기쁨으로 견딜 수 있었습니다.

하늘 본향을 상실하면 이 세상이 전부가 됩니다. 이 세상이 전부이니 하나님의 이름으로 더 많이 움켜쥐려 아우성입니다. 작은 문제에도 걸려 넘어지며 힘겨워합니다. 그러나 이 세상이 전부가 아니라 내게 하늘 본향이 있음을 생각하면, 오늘 내 삶에 다가오는 어려움을 견딜 수 있는 힘이 됩니다. 내가 매일 예수님을 기다리며 하늘을 소망한다면, 서로 용서하고 사랑하는 예수님의 마음으로 살 수 있는 힘이 됩니다.

우리는 날마다 자문해야 합니다. 나는 오늘 얼마나 하늘을 소망했는가? 나는 예수 그리스도의 십자가를 갈망했는가? 하늘을 소망한다면, 오늘 내가 져야 할 십자가는 짐이 아니라 두둥실 하늘을 날아가는 뭉게구름이 될 것입니다.

'개미와 베짱이' 이야기가 있습니다. 개미는 이른 아침부터 저녁까지 쉬지 않고 일했습니다. 열심히 땀 흘려 수고한 덕에 추운 겨울이 와도 걱정이 없었습니다. 개미가 열심히 일하는 동안 베짱이는 시원한 나무 그늘에 앉아 한가하게 노래 부르며 놀았습니다. 그리고 추운 겨울이 되자 베짱이가 개미에게 먹을 것을 구걸하며 고생했다는 이야기지요.

이 이야기를 통해 개미처럼 성실하게 일하면 잘살게 되지만 베짱이처럼 놀면 굶어 죽기 십상이라는 교훈을 배웁니다. 그러나 오늘 이 시대에도 맞는 이야기일까요? 지금은 세상이 달라졌습니다. 열심히 일하고 싶어도 일자리가 없습니다. 무조건 열심히 일한다고 잘살 수 있는 세상도 아닙니다.

요즘 달라진 세상 시류에 맞춰 각색한 개미와 베짱이 이야기가 있습니다. 개미는 옛날이나 지금이나 달라지지 않았습니다. 이른 새벽 첫 차를 타고 출근해서 열심히 일합니다. 그러나 개미는 비정규직입니다. 아무리 열심히 일해도 얼마 되지 않는 월급으로 먹고살기조차 힘이 듭니다. 그런데 노래 부르기를 좋아하는 베짱이는 어느 날 유명한 대중스타가 되어 인기를 누리며 잘살았다는 내용입니다.

세상이 빠르게 변하고 있습니다. 세상의 변화는 우리의 사고와 삶이 달라져야 함을 말합니다. 던컨 J. 와츠(Duncan J. Watts)의 《상식의 배반》이란 책에서 "더 현명한 선택과 더 올바른 판단을 위해 정부, 기업, 언론, 사회, 문화 등 당신이 옳다고 생각해 온 모든 상식과 믿음을 뒤집어 보라! 의심하라! 결별하라!"는 글이 깊이 다가왔습니다. 오늘 병든 교회가 건강한 교회로 회복되기 위해서는 우리 신앙생활의 방법들을 뒤집어 보고, 의심하고, 버려야 할 것들을 분별해야 합니다.

하늘에 계신 하나님이 갓난아기의 모습으로 가장 낮은 곳으로 임하신 것은 우리의 상식을 뒤집은 하나님의 놀라운 역발상이었습니다. 그래서 아기 예수를 하나님이라 믿기 어려웠던 것이지요. 세상에 오신 하나님의 아들이 화려한 왕궁이 아니라 나사렛 시골 마을의 목수로 살아가신 것도 하나님의 역발상입니다. 늘 한 동네에서 보아 온 예수를 메시아로 인정하기 힘들었던 이유입니다.

하나님의 역발상은 십자가에서 절정을 이룹니다. 십자가는 우리의 상식과 신앙을 뛰어넘는 하나님의 역발상입니다. 십자가는 실패를 성공으로, 패배를 승리로, 죽음을 생명으로 바꾸신 하나님의 역발상입니다. 사람들은 화려한 성공을 추구합니다. 그러나 하나님은 처절한 실패인 십자가를 선택하셨습니다. 사람들이 십자가를 믿기 어려워하는 이유입니다.

사도 바울은 십자가에 못 박힌 예수님이 세상에는 미련해 보이나 부르심을 받은 자들에겐 하나님의 능력이요 지혜라고 하나님의 역발상을 설명했습니다.

"²²유대인은 표적을 구하고 헬라인은 지혜를 찾으나 ²³우리는 십자가에 못 박힌 그리스도를 전하니, 유대인에게는 거리끼는 것이요 이방인에게는 미련한 것이로되, ²⁴오직 부르심을 받은 자들에게는 유대인이나 헬라인이나 그리스도는 하나님의 능력이요 하나님의 지혜니라. ²⁵하나님의 어리석음이 사람보다 지혜롭고 하나님의 약하심이 사람보다 강하니라."(고린도전서 1장 22~25절)

사도 바울은 또 세상 사람들이 꺼려하는 미련한 자, 약한 자, 천한 자, 멸시받는 자를 통해 역사하시는 하나님의 역발상을 강조합니다.

"²⁷하나님께서 세상의 미련한 것들을 택하사 지혜 있는 자들을 부끄럽게 하려 하시고 세상의 약한 것들을 택하사 강한 것들을 부끄럽게 하려 하시며 ²⁸하나님께서 세상의 천한 것들과 멸시받는 것들과 없는 것들을 택하사 있는 것들을 폐하려 하시나니 ²⁹이는 아무 육체도 하나님 앞에서 자랑하지 못하게 하려 하심이라."(고린도전서 1장 27~29절)

오늘 한국 교회가 병들어 가는 이유는 바로 십자가를 통해 이루시는 하나님의 역발상을 거부하고 세상의 방법을 추종하기 때문입니다. 하나님 나라는 세상의 가치를 뒤집어엎은 하나님의 역발상인 십자가에 있습니다. 그러나 오늘날 교회에는 십자가는 달려 있으나 십자가의 정신은 찾아보기 힘듭니다.

3년여의 공생애 동안 예수님이 직접 하신 말씀은 여느 유명한 목사의 설교 책보다 훨씬 적습니다. 예수님의 오심은 구약과 율법을 하나하나 다 풀고자 하심이 아니었습니다. 예수님은 '너희는 이렇게 들었으나 내가 다시 말하노니' 하시며, 우리의 고정관념을 깨고 새로운 관점의 눈을 열어 주셨습니다.

예수님이 우리에게 주신 복음은 그동안 우리가 믿어 온 신앙의 고정관념을 뒤집어엎는 하나님의 역발상입니다. 예수님이 오시기 전, 율법은 나의 노력과 헌신으로 하나님 앞에서 내 가치를 증명하도록 했습니다. 그러나 복음은 나를 향한 하나님의 사랑이 내게 하나님의 자녀라는 가치를 선물로 부여해 주신다는 것입니다. 복음은 지금까지 우리가 좋은 신앙이라고 믿어 온 고장 난 고정관념을 깨트렸습니다.

복음은 병든 신앙의 고정관념을 깨는 하나님의 역발상입니다. 십자가는 우리에게 자유와 기쁨을 선물해 주는 하나님의 행복한 역발상입니다.

✣ 3장 ✣

따름의

십자가

길 되신 예수님

예수님은 요한복음 14장에서 "내가 곧 길"(16절)이라고 말씀하셨습니다. 예수님은 우리가 하나님께 나아가는 길이요, 하나님 은혜의 통로입니다. 그러나 이것이 길 되신 예수님의 전부는 아닙니다.

여기서 '길'이란 우리가 그분과 함께 걷는 길이요, 그분을 따라가는 길이요, 그분을 본받아 닮아 가는 길입니다. 우리가 길 되신 예수님과 함께 걷는다는 것은, 그분이 이 땅에 오셔서 이루고자 하신 일과 그분의 꿈과 가치를 함께한다는 말입니다. 우리는 예수님이 걸어가신 길을 따름으로써 그분과 하나 됨을 이뤄 갑니다. 길은 따름이요, 하나 됨입니다.

종로 3가 전철역의 좁은 환승 통로에서 십자가를 만났습니다. 1, 3호선의 환승 방향 표지판을 바닥에 붙인 것인데, 오가는 사람

들의 발걸음에 닳고 닳아 만들어진 십자가입니다. 골고다 언덕길을 오르다 넘어진 예수님을 발길질하던 로마 병사들의 발길 같은 사람들의 발에 밟혀 만들어진 신비로운 십자가였습니다. 십자가 뒤로 또 하나의 형상이 새겨지며 '네 십자가를 지고 나를 따르라'는 주님의 음성이 들려왔습니다.

한때 교회마다 제자훈련이 유행했습니다. 그러나 제자훈련은 많았지만 예수님의 길을 따르는 제자를 찾아보기는 힘들었습니다. 한국 교회의 제자훈련은 그저 성경공부를 하거나 담임목사의 말을 잘 듣는 교인을 양성하는 것에 불과한 경우가 많았기 때문입니다. 제자란 스승이 한 말을 공부하는 사람이 아니라 스승이 걸어간 길을 따라가는 사람입니다. 따름을 잃어버린 제자는 참제자가 아닙니다.

예수님을 사랑한다고 고백했지만, 그분이 가신 길을 얼마나 사모했을까요? 예수님을 사랑한다는 것은 예수님이 이루고자 하신 일과 하나님 나라를 향한 그분의 꿈과 소망을 사랑하는 것입니다. 더 나아가 그분이 내게 남겨 놓으신 일을 이루고자 노력하는 것입니다. 우리는 예수님이 가신 길을 따름으로써 예수 믿는 것을 증명해야 합니다.

많은 교회의 예배 순서에서 사도신경이 빠지지 않습니다. 주일 예배 때마다 사도신경을 주문 외듯 중얼거립니다. 가슴 뜨거운 고백이 아니라 그저 습관적인 예배 순서 중 하나일 뿐입니다. 사도신경은 오랜 세월 믿음의 선배들이 만들고 다듬어 온 훌륭한 신앙고백입니다. 사도신경 자체에는 아무 문제가 없습니다. 그러나 이 신앙고백에는 믿는다는 고백만 있을 뿐 하나님 나라를 이루기 위한 따름과 결단이 없습니다.

"전능하사 천지를 만드신 하나님 아버지를 내가 믿사오니"라는 고백처럼, 전능하신 하나님이 내 아버지임을 정말 믿는다면, 나와 함께하시는 그분의 힘으로 세상에 당당히 달려 나가야 합니다. 하나님이 천지를 창조하신 분임을 정말 믿는다면, 하나님이 아름답게 만든 창조세계의 보존을 위해 노력해야 합니다. 우리에게 보존하고 유전케 하라는 청지기의 사명을 주셨기 때문입니다. 그러나 지구 환경을 지키는 일에서 교회는 잘 보이지 않습니다.

믿음의 고백만이 아니라 창조세계의 보전과 정의와 평화의 실현을 위해 따름과 헌신을 다짐하는 신앙고백문이 있습니다.

"우리는 우주 만물을 창조하시고 역사를 주관하시며 품어 인도하시는 하나님을 믿습니다. 우리는 모든 악으로부터 우리를 해방하여 새 사람으로 일으켜 주시는 예수 그리스도를 믿습니다. 우리는 모든 생명들이 서로 소통하도록 이끌며, 고난과 절망 속에서도 우리에게 언제나 새로운 희망과 능력을 주시는 성령을 믿습니다. 우리는 교회가 예수 그리스도의 십자가와 부활에 동참하고 자매형제들이 사랑의 교제를 나누는 신앙 공동체임을 믿으며, 창조의 보전과 완성을 위해, 인간의 생명과 존엄을 지키기 위해, 하나님의 정의와 평화의 실현을 위해 우리의 삶을 바칩니다. 우리는 자신을 비우고 고통 받는 모든 생명의 이웃이 되어 하나님 나라 복음을 위해 헌신하기로 다짐합니다."

새길교회의 신앙고백문입니다. 이것이 사도신경보다 더 좋다거나 혹은 옳고 그름을 이야기하는 것이 아닙니다. 새길교회의 신앙고백문에는 성삼위일체 하나님을 향한 믿음의 고백과 따름의 결단이 있습니다. 하나님을 믿는 자의 변화의 열망이 있습니다.

그러나 사도신경은 10년을 주문처럼 외워도 하나님 나라를 위해 내가 무엇을 해야 하는지에 대한 깨달음을 주지 않습니다. 사도신경으로 하나님 앞에 우리 신앙을 수십 년 고백했지만, 삶이 전혀 달라지지 않았습니다. 그리고 오늘 한국 교회는 점점 더 깊이 병들어 가고 있습니다.

만약 자녀들이 아버지를 만날 때마다 '당신이 내 아버지임을 믿습니다'라고 고백한다면, 이는 아버지를 신뢰한다는 뜻이라기보다는 믿지 못한다는 말이기 쉽습니다. 정말 믿는다면 더 이상의 말이 필요한 게 아니라 아버지의 아들로서 당당히 살아가기 때문입니다.

지금은 은퇴했지만 이영표라는 축구 선수가 있습니다. 그가 페이스북에 믿음과 미신의 차이를 다음과 같은 멋진 글로 남겼습니다.

"미신이란 자기 자신은 변하지 않은 채 신의 마음을 바꿔 자신이 원하는 것만을 얻어 내는 것이고, 믿음이란 절대자이신 그분 앞에 잘못된 나 자신을 발견하고 끊임없이 자기 자신을 고쳐 가는 것이다. 우리의 신앙, 미신입니까? 믿음입니까?"

오늘 우리의 신앙은 미신일까요? 믿음일까요?

그리스도인이 된다는 것은 내 십자가를 지고 예수님을 따르는 '변화'에 있습니다. 내 생각과 내 마음이 어제보다 오늘이, 오늘보다 내일이 더 예수님을 닮아 가는 변화입니다.

제자란 스승이 간 길을 따라 걷는 사람입니다. 길 되신 그리스도 예수를 믿는다는 것은 그분의 길을 걸어가는 것이요, 그분이 이루고자 하신 하나님 나라의 꿈을 함께 이루고자 노력하는 것입니다. 그러나 우리는 그분을 '길'이라고 부르면서도 그분을 따라가려고 하지 않았습니다. 한국 교회가 새로워지기 위해서는 '길' 되신 예수님을 믿기만 할 것이 아니라 그분이 가신 길을 '함께' 걸어가야 합니다.

세상을 소통케 하는 자

    몇 년 전부터 '녹조라떼'라는 신조어가 등장해 종종 사용됩니다. 4대강 사업으로 물은 많아졌으나 강이 흐름을 잃어버려 녹즙처럼 썩어 가기 때문입니다. 강의 생명은 흐르는 역동성에 있습니다. 고인 물은 썩는다는 옛말처럼, 흐르지 않으면 아무리 물이 많아도 썩을 수밖에 없습니다.

    오늘날 한국 교회는 4대강의 녹조라떼와도 같은 신세가 되었습니다. 교회도 많고 교인도 많지만 세상으로부터 지탄받는 지경에 이른 것이지요. 교회가 병든 세상을 걱정하는 것이 아니라, 세상이 병든 교회를 걱정하고 있습니다.

    교회가 병든 이유는 간단합니다. 흐르지 않는 강물이 썩게 되듯, 교회라는 웅덩이에 고여 세상으로 흐르지 못했기 때문입니다. 21세기의 가장 중요한 화두는 소통입니다. 국어사전은 '소통

(疏通)'을 "막히지 아니하고 잘 통하는 것"이라고 설명합니다. 녹조라떼가 된 강물이 맑음을 회복하기 위해서는 '흐름'이라는 소통을 회복해야 하듯, 병든 교회가 다시 건강한 하나님의 교회로 회복되기 위해서는 세상을 향해 달려가는 소통을 회복해야 합니다.

소통이란 단절되고 꽉 막힌 관계의 회복을 위한 원활한 흐름을 의미합니다. 물이 막히지 않고 잘 흐르듯 사람과 사람 사이의 원활한 소통이 이뤄지기 위해서는 둘 사이에 막힌 다양한 장애물과 담을 제거해야 합니다.

담을 헐어내고 관계를 회복하는 것이 소통이라면, 예수님의 삶은 한마디로 '소통케 하는 자'라고 표현할 수 있습니다. 사도 바울은 예수님이 하나님과 사람, 사람과 사람 사이에 막힌 담을 헐고 하나 되게 하시는 평화(에베소서 2장 14~16절)라고 했습니다.

예수님은 세상을 소통케 하는 삶을 살기 위해 한 장소를 선택하셨습니다. 길입니다. 소통케 하는 자 예수는 그의 평생을 길 위에서 보냈습니다. 어머니의 뱃속에서부터 광야를 헤매는 도망자였습니다. 하늘의 왕자임에도 불구하고 화려하고 따뜻한 궁전이 아니라 길가 냄새나는 마구간에서 태어났습니다.

예수님은 길을 가다 맹인 바디매오를 만나 눈을 뜨게 해 주셨습니다. 길을 가다 간음하다 들켜 돌에 맞아 죽을 위기의 여인을 만났습니다. 길을 가다 수가 성의 여인을 만났습니다. 길을 가다 삭개오를 만났습니다. 예수님은 들에서 말씀을 전하다 배고픈 군중에게 오병이어의 기적을 베풀어 주셨습니다. 예수님은 길에서 사람들을 만났고, 길에서 만나는 병자들을 치유하셨고, 길에서 말씀을 전하셨습니다.

예수님은 십자가를 지고 골고다 언덕길을 오르셨고, 세상 사람들이 모두 쳐다보는 언덕 위의 십자가에서 숨을 거두셨습니다. 예수님은 길에서 태어나 길에서 사람들과 함께하다 길에서 삶을 마치셨습니다. 그의 삶을 한마디로 표현하면 '길 위의 예수'입니다.

예수님은 화려한 성전에서 사람들을 기다리지 않으셨습니다. 예수님은 사람들에게 하나님을 예배하기 위해 성전에 모이라고도 하지 않으셨습니다. 예수님은 사람들을 찾아갔습니다. 그리고 그들의 삶을 어루만지셨습니다.

오늘날 교회가 병든 이유가 바로 여기 있습니다. '길 위의 예수'를 잃어버렸기 때문입니다. 오늘 교회는 화려한 건물 안에 갇혀 세상과 소통함을 잃어버렸습니다. 예수님은 세상으로 달려가

막힌 담을 허셨는데, 교회는 세상과 담을 쌓고 스스로 간혀 버렸습니다. 세상과 담을 쌓고 소통을 잃어버린 교회가 병들게 됨은 당연한 일입니다. 예수님이 우리에게 전해 주신 소통은 하나님과 인간 사이의 소통만이 아니라 사람과 사람 사이의 소통도 포함하기 때문입니다.

예수님이 막힌 담을 허물고 소통케 하는 삶을 사셨다면, 예수님을 믿는 그리스도인 역시 세상의 막힌 담을 허무는 사명을 받은 자들입니다. 예수님은 소통케 하는 그리스도인의 삶을 '소금과 빛'(마태복음 5장)으로 표현하셨습니다. 거짓과 불의와 부패로 가득한 세상을 소금처럼 살맛나는 세상으로 소통케 하고, 절망과 어둠에 갇힌 세상에 빛을 비춰 사람 살 만한 희망의 세상을 만들라고 강조하신 것이지요.

예수님은 우리가 빛과 소금이 되어 세상을 소통케 하는 구체적인 방법을 알려 주셨습니다. 바로 산상수훈입니다.

"3심령이 가난한 자는 복이 있나니 천국이 그들의 것임이요, 4애통하는 자는 복이 있나니 그들이 위로를 받을 것임이요, 5온유한 자는 복이 있나니 그들이 땅을 기업으로 받을 것임이요, 6의에 주리고 목마른 자는 복이 있나니 그들이 배부를 것임이요, 7긍휼히 여기는 자는 복이 있나니 그들이 긍휼히 여김을 받을 것임이요, [8]마음이 청결한 자는 복이 있나니 그들이 하나님을 볼 것임이요, [9]화평하게 하는 자는 복이 있나니 그들이 하나님의 아들이라 일컬음을 받을 것임이요 [10]의를 위하여 박해를 받은 자는 복이 있나니 천국이 그들의 것임이라."(마태복음 5장 3~10절)

세상에서 소통케 하는 그리스도인의 삶의 비결은 산상수훈에 다 들어 있습니다. 이보다 더 세상을 소통케 하는 좋은 방법은 없습니다. 하나님의 자녀들이 탐욕을 버리고 가난한 마음과 온유함과 긍휼함으로 아파하는 자들과 함께 애통하고 세상의 평화를 위한 의의 목마름으로 살아간다면, 한국 교회는 세상의 빛과 소금이 될 뿐 아니라 대한민국은 사람이 살 만한 하나님의 나라로 거듭나게 될 것입니다.

성경에서 하나님은 고아와 과부 등 세상에서 소외되고 연약한 자와 자신을 동일시하셨습니다. 예수님 역시 "지극히 작은 자 하나에게 한 것이 곧 내게 한 것이니라"(마태복음 25장 40절) 하시며 소외된 자들과 자신을 동일시하셨습니다.

정치 · 경제 · 문화 · 교육 · 환경 등에서 약자를 양산해 내는 잘못된 제도는 하나님을 향한 죄입니다. 교회의 사명은 약자를 만들어 내는 잘못된 사회적 억압들을 풀어 소통케 하는 것입니다. 사람들이 더불어 살아가는 하나님 나라를 만들어 가는 것이 교회의 소명입니다. 이것이 바로 초대교회 공동체의 모습이었습니다.

정치적 · 경제적 · 문화적 · 인종적 억압을 풀어 소통하는 하나님 나라를 이루기 위해서는 교회가 세상으로 달려가야 합니다. 그러나 지금 한국 교회는 세상을 등지고 교회 안에 갇혀 '교회 성장'이라는 자기만의 배부름을 갈구하는 죄 가운데 있습니다. 이제 병든 교회의 회복을 위해 길 위의 예수를 다시 찾아야 합니다.

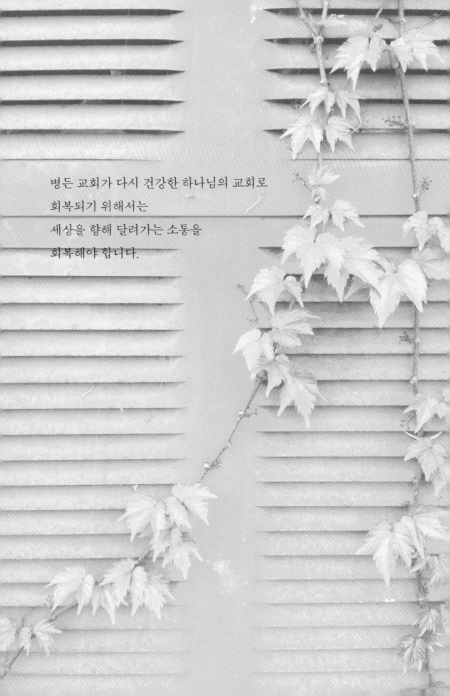

병든 교회가 다시 건강한 하나님의 교회로
회복되기 위해서는
세상을 향해 달려가는 소통을
회복해야 합니다.

아래로 내려가기

감옥에 갇힌 세례 요한은 예수가 과연 이스라엘이 기다려 온 메시아인지 궁금했습니다. 예수님께 세례를 베풀 때 하늘에서 성령이 비둘기처럼 임하는 것을 보았지만, 들려오는 예수의 소문은 그동안 이스라엘이 기다려 온 메시아의 기대와 너무도 달랐기 때문이지요.

참다못한 세례 요한은 제자를 보내 "오실 그이가 당신이오니이까, 우리가 다른 이를 기다리오리이까"(누가복음 7장 20절)라고 묻습니다. 당신이 성경에서 약속한 진짜 메시아인지 증명해 달라는 것이었습니다.

이때 예수님은 자신이 메시아가 맞다고 직접적인 답을 주지 않으셨습니다. 자신이 메시아임을 증명하기 위해 어떤 특별한 증표를 보여 주지도 않으셨습니다. 마침 백성들의 질병을 고치고 맹인의 눈을 뜨게 하신 예수님은 "맹인이 보며 못 걷는 사람이 걸으며 나병환자가 깨끗함을 받으며 귀먹은 사람이 들으며 죽은 자가 살아나며 가난한 자에게 복음이 전파된다"(21~22절) 하시며, 너희가 직접 보고 들은 것을 세례 요한에게 전해 주라고 말씀하셨습니다.

예수님은 이스라엘 백성들이 기대하던 메시아의 모습과는 너무도 달랐습니다. 가난한 목수의 아들에 불과했고, 죄인과 세리들과 어울리신 예수님의 모습은 권위 있는 신의 모습과 너무도 달랐습니다. 오죽했으면 직접 세례를 베풀며 성령이 임하는 것을 본 세례 요한까지 과연 이분이 메시아가 맞나 확인하고픈 의심을 했을까요.

예수님은 "누구든지 나로 말미암아 실족하지 아니하는 자는 복이 있도다"(23절)라는 말씀을 덧붙이셨습니다. 멋진 모습의 메시아를 기대하던 이스라엘 백성에게 초라한 가문과 배운 것 없는 경력과 볼품없는 외모와 죄인들에게 둘러싸인 예수는 많은 이들을 넘어지게 하는 걸림돌이었습니다.

지하철역을 나서다 광고 속 약도의 화살표에 눈이 멈추었습니다. 화살표의 방향이 아래를 향하고 있었습니다. 맞습니다. 십자가를 지고 예수님을 따르는 것은 아픔과 눈물이 있는 낮은 곳을 향해 내려가는 것입니다.

예수님은 하늘에서 인간의 몸을 입고 이 땅에 내려오신 하나님입니다. 성육신이라고 말합니다. 기독교는 성육신이라는 사건 위에 세워졌습니다. 기독교는 세상의 낮은 곳으로 달려가는 성육신의 종교입니다. 예수님이 하늘에서 내려오신 것처럼, 예수님을 따르는 것 역시 아픔 가득한 세상으로 날마다 성육신하는 삶을 사는 것입니다.

하늘에서 내려와 우리의 눈물을 닦아 주고 우리의 질병을 치유하기 위해 성육신하신 예수님처럼, 교회는 세상으로 달려가 아파하는 이들과 함께하며 세상의 악과 거짓을 치유하는 사명이 있습니다. 그런데 성육신을 믿는 교회가 성육신의 사명을 잃어버렸습니다. 세상 속으로 달려가기보다 세상과 교회를 분리시켜 담을 쌓고 교회 안에 갇혀 버렸습니다.

교회가 세상의 불의와 아픔을 치료하지 않으니 세상도 아프고 교회도 병든 것입니다. 교회가 세상의 악을 치유하기 시작할때, 예수님이 원하시는 건강한 교회, 건강한 세상이 될 것입니다. 세상으로 달려가 막힌 담을 헐어 내는 성육신의 삶을 사는 것, 이것이 바로 십자가를 지고 예수님을 따르는 길입니다.

그리스도인이란 눈은 하늘을 바라보되 발은 세상의 낮은 곳을 향해 달려가는 사람입니다. 예수님이 그렇게 사셨기 때문입니다.

예수님을 따르는 것은 그저 열심히 믿으며 복 받는 삶을 사는 것을 의미하지 않습니다. 예수님처럼, 사람을 억압하고 사람의 가치를 훼손시키는 불평등하고 부정의한 이 세상의 숨은 거짓들과 싸워 이 땅에 조금씩 하나님 나라를 이뤄 가는 것입니다. 그것이 바로 세상의 어둠을 밝히는 빛과 세상의 불의와 부패를 막는 소금의 사명을 감당하는 길입니다.

이제 우리의 눈은 하늘을 바라보되 우리의 발은 아래로 내려가야 합니다. 낮은 곳으로 성육신하신 예수님과 그분의 십자가가 당신에게 걸림돌이 아니라 하늘로 오르는 디딤돌이 되기를 기도합니다.

십자가로 돌아가라

"주여, 어디로 가시나이까?"*(Quo Vadis Domine?)*

"네가 내 어린 양들을 버리기에 다시 한 번 십자가에 못 박히러 로마로 간다."

이 대화는 네로의 박해를 피해 도망가는 베드로가 불타는 로마를 향해 달려가는 예수님을 만났을 때 주고받은 이야기로 알려져 있습니다. 베드로는 다시 로마로 향했고, 자신은 예수님과 같은 형벌을 받을 자격이 없다며 머리가 아래로 향하는 거꾸로 된 십자가형을 요구해 순교했다고 합니다. 베드로가 십자가에 거꾸로 달려 순교한 그 자리에 성베드로 대성당이 세워졌지요.

강연을 하기 위해 들른 강원도의 어느 펜션 벽에서 거꾸로 된 십자가를 만났습니다. 불타는 로마를 향해 달려가 거꾸로 달려 죽은 베드로가 떠올랐습니다. 이 십자가는 제게 '십자가로 돌아

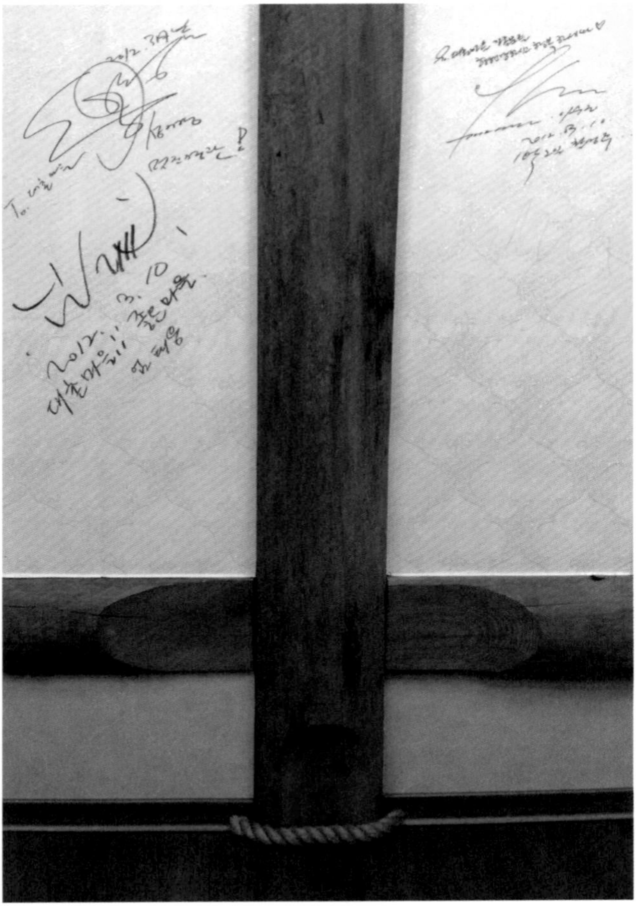

가라'는 큰 외침으로 들렸습니다.

오늘 대한민국은 큰 아픔을 겪고 있습니다. '웰빙'을 추구하던 것이 엊그제 같은데, 지금은 희망 없는 '헬조선'이라고 서슴지 않고 말합니다. 점수의 노예가 된 청소년들의 행복지수는 OECD 국가 중 꼴찌고, 비싼 대학 등록금을 내고 공부하지만 청년들 앞에 기다리는 것은 아르바이트와 비정규직 같은 희망 없는 슬픈 일자리뿐입니다. 중년들은 해고와 명퇴의 위협 속에서 불안한 하루하루를 살아갑니다. 노인들의 빈곤율은 34개 OECD 국가 중 1위입니다. 심지어 지난 10년간 노인 자살률 역시 OECD 국가 중 1위를 기록한 대한민국입니다.

누룩은 조금만 넣어도 전체를 부풀게 합니다. 그리스도인이 전체 인구의 4분의 1을 넘는다는데, 대한민국의 지표는 갈수록 더 암울합니다. 저임금 노동자 비율 1위, 근로시간 1위, 비정규직 비율 1위, 산재 사망자 1위, 사교육비 비중 1위, 이혼율·자살률 1위, 출산율 꼴찌 등의 각종 지표는 점점 아픔이 깊어 가는 대한민국의 현주소를 보여 줍니다. 그런데 교회는 세상의 아픔에는 눈을 감고 교회의 성장만을 추구합니다.

사도행전에서는 초대교회 공동체의 모습을 이렇게 전합니다.

"[44]믿는 사람이 다 함께 있어 모든 물건을 서로 통용하고 [45]또 재산과 소유를 팔아 각 사람의 필요를 따라 나눠 주며 [46]날마다 마음을 같이하여 성전에 모이기를 힘쓰고 집에서 떡을 떼며 기쁨과 순전한 마음으로 음식을 먹고 [47]하나님을 찬미하며 또 온 백성에게 칭송을 받으니 주께서 구원받는 사람을 날마다 더하게 하시니라."(사도행전 2장 44~47절)

초대교회 공동체는 이상한 체험을 갈구하는 사람들의 모임이 아니었습니다. 나눔과 사랑의 공동체였습니다. 그러나 오늘의 교회는 개인적 체험과 성공만을 갈망하고 추구하며 세상의 아픔에는 눈을 감고 있습니다. 교회가 사랑과 나눔의 공동체가 되기보다 분쟁과 갈등의 씨앗이 되었습니다. 잘못된 방향으로 가고 있음을 보여 주는 것이지요.

이제 성도들의 탐욕을 조장해 교회 성장을 추구하는 잘못을 멈춰야 합니다. 예수님의 십자가를 만난 초대교회 사람들이 세상의 가치를 뛰어넘는 나눔과 사랑과 평화의 공동체를 이룬 것처럼, 교회는 신음하는 대한민국 공동체를 치료하는 데 나서야 합니다. 불타는 로마로 돌아가 십자가에 거꾸로 달려 죽은 베드로처럼 신음소리 가득한 '헬조선'으로 들어가야 합니다. 길 위의 예수님과 함께 십자가를 지고 아픔 가득한 삶의 현장으로 돌아가야 합니다.

교회가 교회다워지기 위해 십자가로 돌아가야 합니다. 교회의 위기를 극복하기 위해서도 십자가로 돌아가야 합니다. 개교회의 부흥과 성장만으로는 한국 교회의 위기를 해결할 수 없습니다. 예수님처럼 세상의 가장 낮은 곳, 아픔이 있는 곳으로 내려갈 때 세상 속에서 빛과 소금이 되어 다시 부흥의 불길이 타오르게 될 것입니다.

'위기는 기회'라는 말이 있습니다. 아직 늦지 않았습니다. 십자가의 죽음이 기다리고 있음에도 불구하고 불타는 로마로 되돌아간 사도 베드로처럼, 한국 교회도 헬조선의 불구덩이로 들어가야 합니다. 그동안 우리가 외면했던 세상의 아픈 현장으로 돌아가 그들을 껴안고 함께 아파하고 치유해 가야 합니다. 이 나라가 왜 노력해도 희망을 찾을 수 없는 헬조선이 되었는지, 함께 아파하며 치유하는 십자가의 삶을 살아야 합니다.

세상의 고통과 눈물을 외면한 채 '예수 천당 불신 지옥'을 외치며 교회 성장만을 추구한다면, 불타는 로마로 향하던 예수님은 헬조선의 불구덩이에서 또 다시 십자가에 달리게 될 것입니다. 예수님은 성공을 보장하는 탐욕의 신이 아닙니다. 예수님은 사랑으로 하나 되는 하나님 나라를 꿈꾸신 분입니다. 예수님의 이름은 부르지만 예수님이 없는 교회, 십자가는 달려 있으나 십자가의 삶이 없는 교회는 더 이상 하나님의 교회가 아닙니다.

이제 십자가로 돌아가야 합니다. 더 늦기 전에.

추한 곳에 임하는 거룩함

지은 지 오래된 낡은 건물 벽에서 십자가를 만났습니다. 타일이 깨져 추해진 벽이 만든 십자가입니다. 그런데 깨진 타일 틈에서 작은 생명이 피어나고 있었습니다. 더럽고 추한 이 십자가가 제 눈엔 세상에서 가장 거룩한 십자가로 보였습니다.

거룩함이란 무엇일까요? 종교적으로 신비롭고 경건하며 깨끗하고 아름답게 치장된 것을 '거룩'이라고 하지 않습니다. 예수님의 삶이 거룩한 것은 높은 곳에 있어서가 아닙니다. 하늘 높은 곳을 떠나 세상의 가장 낮고 추한 곳으로 임하셨기 때문입니다. 세상에서 버림받은 사람들 곁에서 그들의 아픔을 함께하셨기 때문입니다.

예수님은 세상에서 버림받은 문둥병자를 치유해 주셨고, 귀

신 들려 쇠사슬에 매인 거라사 광인을 온전케 하셨습니다. 열두 해 동안 혈루증으로 고생하며 재산을 탕진한 여인을 낫게 하셨고, 간음 현장에서 잡혀 돌로 맞아 죽을 위기에 놓인 여인을 구원해 주셨습니다. 거룩하다고 하는 제사장과 바리새인들이 죄인이라고 손가락질하는 세리와 죄인들과 함께 밥을 먹고 함께 웃으며 그들의 이야기를 들어 주셨습니다. 오죽했으면 예수님을 향해 죄인들의 친구라고 손가락질했을까요.

예수님이 함께하신 사람들은 세상에서 버림받은 이들이었으며, 예수님의 제자들 역시 어부와 세리 등에 불과했습니다.

하늘에서 세상 가장 낮고 추한 마구간에 태어나신 예수님은 십자가에 달려 죽는 그 순간까지 세상에서 버림받은 이들과 함께 하셨습니다. 만약 교회가 예수님을 따르는 이들의 공동체라면, 교회의 사명 역시 세상에서 버림받은 이들과 함께하는 것입니다. 그러나 오늘날 교회는 예수님이 사랑하며 온몸으로 섬기셨던 소외되고 작은 이들을 버렸습니다. 교회가 버린 것은 세상의 아픔 가득한 이들만이 아닙니다. 그들과 함께 십자가에 달리신 진짜 예수를 버렸습니다. 그리고 십자가의 진짜 예수 대신 성공과 부를 보장하는 가짜 예수를 모셨습니다.

교회당에 걸린 십자가는 깨끗하고 거룩해 보입니다. 그러나 십자가의 현실은 더럽고 추하고 참혹한 것입니다. 십자가형은 로마에서 가장 흉악한 이들에게 내려지는 참혹한 형벌이었습니다. 십자가를 지고 골고다 언덕을 오르신 예수님의 얼굴과 옷은 땀과 피와 먼지로 뒤범벅이었습니다. 예수님의 두 손과 발에서 솟구친 피가 십자가를 타고 흘러내렸습니다. 십자가는 사형수 예수의 피와 땀과 눈물로 물든 더러움 그 자체였습니다.

예수님의 십자가 외관은 추하지만, 그 안에 담긴 내용은 세상에서 가장 거룩합니다. 그런데 교회 안에 걸린 십자가의 외관은 깨끗하고 반짝이는데, 그 안엔 세상의 아픔을 치유하고 생명을 살리는 거룩함이 없습니다.

깨끗한 십자가만을 사모한다면, 잘못입니다. 십자가를 사랑한다는 것은 십자가에 달린 예수님을 사랑하는 것입니다. 예수님을 따른다는 것은 십자가에 달려 죽기까지 자신을 버리신 예수님의 길을 따라가는 것입니다. 예수님을 전하기 위해 아프리카 오지에 선교사로 달려가는 것도 예수님을 따르는 것입니다. 신음소리 가득한 세상의 불의와 부정을 치유하기 위해 헌신하는 것도 예수님을 따르는 선교 사명을 감당하는 것입니다.

예수님이 낮은 곳으로 내려가 그들을 구원하셨던 것처럼, 우리도 아픔과 눈물로 가득한 이들을 도와주고 치유해 줘야 합니다. 문제는 사회 구조적인 모순과 악으로 인해 눈물 흘리는 이들이 더욱 양산되고 있다는 것입니다. 교회에 찾아오는 한두 사람을 치유하는 것도 중요합니다. 그러나 사회 구조로 인해 아픈 사람이 나오지 않도록 잘못된 세상을 치유해 내는 일 역시 예수님을 따르는 십자가의 사명입니다.

타일이 깨져 더럽고 추한 십자가가 오늘 교회가 나갈 방향을 보여 줍니다. 하나님의 교회는 교회를 찾아오는 자들만의 사교 장소가 아닙니다. 교회조차 찾지 못하는 소외된 이들 속으로 들어가 그들과 함께하며 눈물을 닦아 주는 희망을 일구는 사랑의 공동체여야 합니다.

십자가는 그저 숭배의 대상이 아닙니다. 십자가는 우리가 살아야 할 길입니다. 십자가는 거룩한 유물도 아니고, 구경거리도 아니고, 교회의 상징물도 아닙니다. 십자가는 예수님과 함께 손잡고 세상의 가장 낮은 곳으로 달려가 아픔을 치유하는 생명의 길이요, 희망의 그루터기입니다.[2]

새로운 탄생

딱딱한 땅을 헤집고 푸른 새싹이 기지개를 폈습니다. 두 장의 잎사귀가 하늘로 날아오르기 위한 날개처럼 보입니다. 차가운 땅속의 어둠을 뚫고 일어선 희망의 십자가였습니다.

예수님은 "한 알의 밀이 땅에 떨어져 죽지 아니하면 한 알 그대로 있고, 죽으면 많은 열매를 맺느니라"(요한복음 12장 24절)고 말씀하셨습니다. 한 알의 씨앗이 많은 열매를 거두려면 어두운 땅속에서 먼저 자신이 죽어야 합니다. 죽지 않고는 싹을 피울 수 없고 열매를 거둘 수도 없습니다. 죽지 않으면 언제나 한 알 그대로일 뿐입니다. 많은 열매를 원한다면 내가 먼저 죽는 일이 필요합니다.

사람들은 열매를 좋아합니다. 그러나 열매를 거두기 위해 먼저 자신이 죽어야 한다는 사실 앞에서는 머뭇거립니다. 교회에는 똑똑하고 능력 있는 사람들이 참 많습니다. 그러나 예수님처럼 한 알의 밀알이 되는 사람이 없다는 데 문제가 있습니다.

내가 죽는 것…… 그래서 많은 사람들이 한 알의 씨앗이 되어 먼저 죽는 십자가의 길을 걷지 못합니다. 빛과 소금의 역할을 감당하는 교회로 거듭나기 위해 똑똑하고 능력 있는 사람이 더 필요한 게 아닙니다. 자신의 낮아짐과 섬김을 통해 한 알의 썩는 밀알이 되는 사람이 필요합니다. 예수님은 우리에게 한 알의 밀알이 되라고 말씀만 하신 게 아니라 친히 십자가에 달려 죽는 밀알의 삶을 사셨기 때문입니다.

예수님은 계속해서 "사람이 나를 섬기려면 나를 따르라. 나 있는 곳에 나를 섬기는 자도 거기 있으리니"(26절)라고 말씀하셨습니다. 내가 정말 예수님을 믿는다면, 예수님처럼 한 알의 썩는 씨앗이 되어야 합니다. 내가 정말 예수님을 믿는다면, 섬기는 자의 겸손한 삶을 살아야 합니다. 죽음을 향해 달려가는 한 알의 씨앗이 되는 길, 바보 같아 보이지만 세상을 치유하고 풍성한 열매 맺는 거룩한 생명의 길입니다.

십자가는 한 알의 씨앗입니다. 차가운 땅 속엔 캄캄함 외에는 아무것도 보이지 않습니다. 이 어둠이 얼마나 지속될지, 앞으로 내게 어떤 일이 벌어질지 아무것도 모릅니다. 내가 죽은 뒤 꽃이

피고 풍성한 열매를 맺는다는 것은 내 눈에 보이는 일이 아닙니다. 그러나 내일이 보이지 않을지라도 믿음으로 나를 어둠에 맡기고 기다리는 것입니다. 나를 깨트리는 죽음 뒤에, 내 안에서 새 생명이 꿈틀거리기 시작하기 때문입니다. 하나님은 나를 통해 꽃을 피우시고, 향기를 내게 하시며, 풍성한 열매를 맺게 하십니다.

많은 이들이 풍성한 열매를 소망합니다. 그러나 하나님은 먼저 어둠과 광야 속으로 들어가라고 말씀하십니다. 믿음의 선배들도 버림과 떠남의 죽음을 거쳐야 했습니다. 아브라함은 고향에서 얻은 경력과 편안함을 버리고 낯선 광야의 길을 선택함으로써 믿음의 조상이 되었습니다. 아브라함은 떠나라는 사실만 알았을 뿐 어디로 가야 할지 방향과 목적지조차 몰랐습니다. 우리는 다 알아야 시작할 수 있다고 고집합니다. 최소한 목적지라도 알아야 떠날 수 있는 것 아니냐고 하나님께 따져 봅니다. 그러나 하나님은 길이 보이지 않는 어둠 속으로 떠나라고 말씀하십니다.

예수님의 제자가 되기 위해 베드로는 그물을 버려야 했습니다. 한나는 눈물로 얻은 아들을 포기함으로써 하나님의 위대한 선지자 사무엘을 탄생케 했습니다. 바울은 자신의 모든 것을 배설물처럼 버림으로 기독교를 탄생케 하는 주역이 되었습니다.

한 알의 씨앗이 새싹으로 피어나기 위해 땅 속 깊은 어둠 속에

머물러야 하듯, 십자가 길에 선다는 것은 빛이 없는 어둠 속에 나를 맡기는 것입니다. 이해할 수 없는 막막함 속에서도, 언제 끝날지 모르는 절망의 어둠 속에서도 내 안에 피어날 새싹을 믿고 기다리는 것입니다. 십자가의 어둠 속에 나를 맡긴다는 것은 그분이 일하시는 것을 인정하는 것입니다. 내가 아니라 그분이 내 인생을 이끌어 가시도록 맡기는 것입니다. 이제 내가 죽고 내 안에 예수 그리스도가 살기 시작하는 것입니다.

씨앗의 죽음을 통해 풍성한 열매를 맺는 생명의 법칙은 하나님의 방법과 사람의 방법의 차이를 보여 줍니다. 사람들은 지금 당장의 성과를 원합니다. 사람들은 더 빨리 더 많은 것, 더 큰 것, 더 효율적인 것, 더 화려한 것을 추구합니다. 그것은 하나님 나라의 방법이 아닙니다. 더 많은 부와 큰 권력을 통한 효율성은 40일 금식을 끝낸 예수님의 귀에 속삭이던 사탄의 꼬임이었습니다.

하나님은 한 알의 씨앗이 죽는 십자가를 선택하셨습니다. 십자가는 아주 철저한 실패였습니다. 그러나 하나님은 이 실패를 통해 영원한 승리, 인류의 구원을 이루셨습니다. 그리고 2천 년이 지난 오늘도 십자가는 인류를 구원하는 하나님의 능력이요 하나님 은혜의 통로가 되어 풍성한 열매를 거두고 있습니다.

만약 예수님이 지금 당장의 열매를 원하셨다면, 십자가가 아니라 천둥 번개와 지진으로 하나님의 진노를 보여 주셨을 것입니다. 그러나 하나님은 효과 좋고 효율성 높은 방법을 택하지 않으셨습니다. 두려움에 의해 강요된 믿음이 아니라 자발적인 사랑을 원하셨기 때문이지요.

만약 예수님이 전도의 효율성과 즉각적인 하나님 나라의 성과를 원하셨다면, 뜨거운 광야 길을 걸어 다니시기보다 제자들과 함께 마차를 타고 더 넓은 지역으로 전도여행을 다니셨을 것입니다. 베드로 같은 무식한 어부 대신 공부 많이 한 바리새인과 서기관들을 제자로 삼으셨을 것입니다. 겨우 3년 일하시고 십자가에 죽기보다 80세까지 살면서 좋은 말씀을 더 많이 가르치셨을 것입니다. 그러나 예수님은 당장의 성과가 아니라 한 알의 씨앗인 십자가를 선택하셨습니다. 하나님 나라는 썩어 가는 한 알의 씨앗 속에 있기 때문입니다.

빠름과 효율성을 따지는 우리의 눈에 십자가 안경을 씌어야 할 때입니다. 십자가는 죽음이 아니라 새 생명입니다. 십자가는 내가 죽고 예수로 거듭나는 생명의 장소입니다. 십자가는 옛 사람이 죽고 예수님의 새 사람으로 태어났다는 하나님의 인증샷입니다.

땅을 헤집고 올라온 새싹이 큰 소리로 노래합니다. 십자가의 죽음이 있을 때, 부활의 영광의 문이 열리는 기적을 맛보게 되리라고!▯

재개발과 재건축으로 전국이 공사 중인 대한민국입니다. 새로 입주하는 아파트 마당엔 버려진 가구들로 가득합니다. 이전에 쓰던 가구들이 아직 쓸 만하지만 새 집에 어울리지 않아 버린 것입니다. 내가 예수님의 십자가를 믿어 거듭난다는 것은 새 사람이 되는 것을 말합니다. 사도 바울은 예수님을 믿는다는 것은 이전에 쓰던 헌 가구를 버리고 새 가구로 새 집을 채우는 일이라고 말했습니다.

"²²너희는 유혹의 욕심을 따라 썩어져 가는 구습을 따르는 옛 사람을 벗어 버리고 ²³오직 심령이 새롭게 되어 ²⁴하나님을 따라 의와 진리의 거룩함으로 지으심을 받은 새 사람을 입으라."(에베소서 4장 22~24절)

그리스도인이 된다는 것은 옛 사람의 성품을 벗어 버리고 하나님의 의와 진리와 거룩함의 새 가구로 가득 채운 새 사람이 되는 것입니다. 여기 하나님의 새 사람이 되기 위한 선결조건이 있습니다. '벗어 버리기'입니다.

사도 바울은 데살로니가전서 1장 9~10절에서 그리스도인의 삶을 '버리고' '돌아와서' '섬기며' '기다린다'는 네 개의 단어로 말하고 있습니다. '내가 정말 우상을 버렸는가?' '내 삶이 정말 하나님께 돌아왔는가?' '내가 정말 살아 계신 참하나님을 믿는 것인가?' '내가, 날마다 죽은 자 가운데서 부활하신 예수 그리스도가 오늘 내 삶에 다시 강림하시기를 기다리는 소망 가운데 있는가?' 우리는 날마다 이 네 가지 말씀에 내 믿음을 비춰 봐야 합니다.

한국 교회는 교인도 많고 예배도 넘쳐 납니다. 그러나 하나님께 돌아오기 전에 반드시 해야 할 '버림'을 제대로 하지 않았습니다. 세상에서 추구하던 가치와 탐욕의 우상들을 버리고 하나님께 돌아온 것이 아니라 우리의 욕망을 채워 줄 더 그럴듯한 우상을 하나님으로 바꾼 것뿐입니다.

예수님의 십자가는 '버림'의 상징입니다. 예수님은 하늘의 영광을 버리셨습니다. 세상에 내려와서도 하나님의 아들이 누려야 할 지위와 권리와 편안함을 버렸습니다. 마지막엔 우리를 위해 십자가에서 생명까지 버리셨습니다. 예수님의 삶은 시작부터 마지막까지 '버림'이었습니다.

그런데 우리는 이 버림의 예수님 앞에서 내 탐욕을 채워 달라고 기도합니다. 예수님은 "너희는 먼저 그의 나라와 그의 의를 구하라. 그리하면 이 모든 것을 너희에게 더하시리라"(마태복음 6장 33절) 하시며 먼저 하나님의 나라와 의를 구하라고 말씀하셨습니다. 그러나 우리는 예수님이 추구하시던 사랑과 정의가 가득한 하나님 나라와 의엔 관심이 없습니다.

우리는 하나님을 믿습니다. 그러나 우리의 탐심을 채우기 위해 하나님을 믿는 경우가 많습니다. 하나님이 우리 믿음의 목적이 되어야 하고, 예수님이 우리가 믿는 믿음의 전부여야 합니다. 그러나 내가 예수를 믿는 것은 예수 믿고 더 많은 복을 받기 위해서입니다. 내가 하나님의 이름을 부르는 것도 좀 더 능력 있는 하나님을 통해 더 출세하고 성공하기 위해서입니다.

거리를 지나다 사람들의 배설물이 쌓인 오수 맨홀 뚜껑 위 십자가를 밟고 지나가는 사람들을 보았습니다. 사도 바울은 이전에 자신이 추구하던 모든 것을 배설물로 여기고 오직 예수님이 목적이 되는 삶을 추구한다고 고백했습니다.

"⁷내게 유익하던 것을 내가 그리스도를 위하여 다 해로 여길 뿐더러 ⁸또한 모든 것을 해로 여김은 내 주 그리스도 예수를 아는 지식이 가장 고상하기 때문이라. 내가 그를 위하여 모든 것을 잃어버리고 배설물로 여김은 그리스도를 얻고 ⁹그 안에서 발견되려 함이니."(빌립보서 3장 7~9절)

우리의 기도는 예수님이 꿈꾸던 하나님 나라와 의가 아니라 '주시옵소서'로 시작해 '주시옵소서'로 끝을 맺습니다. 우리는 세상의 탐욕을 버리지 못했고 하늘의 소망을 잃어버렸기에 이 땅에 집착하며 변화되지 않는 병든 신앙인이 되었습니다.

하늘을 기다리는 것은 버림의 또 다른 말입니다. 하늘을 소망하는 자는 기꺼이 자신의 모든 것을 배설물처럼 버리고 예수님을 따르는 용기를 내기 때문입니다. 하나님 나라를 이뤄 가는 '버림'과 '기다림'의 은총이 우리에게 임하기를 기도합니다.

하늘 은행 계좌에 보물 쌓기

제주도에는 봉긋봉긋 솟아 오른 오름이 많습니다. 오름 언덕을 따라 자라는 삼나무들의 형상에서 예수님을 보았습니다. 구부정한 어깨에 무거운 십자가를 지고 골고다 언덕을 오르다 지쳐 쓰러지신 예수님이었습니다. 오름의 이름도 특별했습니다. '성지 오름.' 예수님의 땀방울로 가득한 거룩한 성지(聖地)였습니다.

더하기, 빼기, 나누기, 곱하기 등의 수학 기호 중에서 십자가는 '더하기'만이 아니라 '곱하기'도 됩니다. 골고다 언덕 위에 세워진 십자가는 더하기이지만 골고다 언덕을 힘겹게 오르시는 예수님의 등에 지신 십자가는 곱하기입니다.

예수님은 십자가를 지고 나를 따르라고 말씀하셨습니다. 자기 십자가를 지고 예수님을 따르는 길은 조금씩 돈을 저축해 나중에 목돈을 찾는 적금과도 같습니다. 십자가를 지고 예수님을 따르는

것은 하늘 보화를 매일매일 더해 가는 것이기 때문입니다.

예수님은 세상의 보화는 좀먹는다며 하늘에 보물을 쌓으라고 말씀하셨습니다(마태복음 6장 19~21절). 오늘 내가 예수님의 이름으로 흘린 눈물과 고통과 한숨과 견딤은 하늘나라 은행에 저금하는 것입니다. 하나님은 결코 내 눈물 한 방울도 헛되게 버리지 않으시기 때문입니다. 하나님 나라를 위해 예수님과 함께 십자가를 지고 가는 땀방울의 수고를 하나님은 하늘에 쌓아 두십니다. 적금이 만료되는 날 이자와 함께 풍성한 목돈을 돌려받는 것처럼, 하나님은 내 이름으로 개설된 하늘 계좌에 쌓아 두신 상금을 주십니다. 십자가는 더하기일 뿐만 아니라 곱하기이기 때문입니다.

이 세상을 떠날 때 내게 남는 것은 무엇일까요? 아무리 많은 돈을 소유했을지라도 하늘 본향으로 돌아가는 길에서는 그것이 아무 도움도 되지 못합니다. 많은 사람들에게 사랑받던 인기도, 세상을 호령하던 권력도 하늘 여행길에서는 아무 도움도 주지 못합니다. 내게 남는 것은 오직 하나님께 드린 나의 시간과 마음뿐입니다. 십자가를 지고 예수님을 따라가며 흘린 눈물과 땀방울뿐입니다. 나머지는 다 바람에 날리는 겨와 같습니다.

시편 기자는 "우리의 연수가 칠십이요 강건하면 팔십이라도 그 연수의 자랑은 수고와 슬픔뿐이요 신속히 가니 우리가 날아가나이다"(90편 10절) 하며 이 땅에서 천년만년 살 것처럼 탐욕스럽게 움켜쥐는 우리에게 깨어나라고 경고했습니다.

　세상과 다른 가치를 추구하는 십자가의 길은 결코 쉽지 않습니다. 십자가의 무게가 너무 버거워 쓰러질 때도 있고 때론 눈물도 흘립니다. 그러나 세상에서 가장 지혜로운 사람은 자기 십자가를 지고 예수님을 따르는 사람입니다. 그저 예수님 때문에 이 세상의 고난을 참는 게 아니라, 빠르게 지나가는 인생에서 영원한 하늘에 저금하는 것입니다.

　십자가를 지고 예수님을 따르는 사람은 영원한 보화를 얻기 위해 소중하지 않은 것을 버릴 줄 아는 지혜로운 자입니다. 세상을 버리지 못하는 것은 순간에 매여 영원을 보지 못하기 때문입니다. 순간 지나는 땅에 집착하는 것은 영원한 하늘을 바라지 않기 때문입니다.

　십자가는 최고의 계산기입니다. 십자가는 비록 더딜지라도 결코 잘못된 계산을 하지 않습니다. 십자가는 언제나 영원한 하늘나라라는 보배로운 답을 내게 돌려줍니다. 십자가는 영원을 보는 자의 계산기입니다. 십자가는 하늘을 사모하는 자의 눈입니다. 십자가는 천국을 오르는 자의 사다리입니다.

　나는 오늘도 하늘을 오르는 십자가 계산기를 두들깁니다. 예수님과 함께!

내 안의 담 허물기

이 세상에는 담이 많습니다. 나라와 나라 사이 갈등의 담, 보수와 진보라는 이념의 담, 노인과 젊은이 사이의 세대 차이의 담, 빈부 차이로 인한 계층의 담, 노사 갈등으로 인한 계급의 담 등 우리 사회에는 크고 작은 갈등의 담이 많습니다.

담은 너와 나를 나누고, 내 것과 네 것을 구분하는 경계선입니다. 부자들이 모여 사는 동네일수록 담이 높습니다. 높은 담만으로도 부족해 날카로운 가시철조망까지 두르고 있습니다. 감출 것이 많은 집일수록 담이 높아집니다.

반대로 담 헐기 운동도 있습니다. 너와 나를 나누던 담장을 헐어 내고 그 자리에 꽃과 나무를 심어 모두가 행복해지자는 운동이지요. '담을 헌다'란 "마음의 경계를 풀거나 단절된 관계를 청산하는 것"이라고 사전에서 설명합니다. 담을 헌다는 것은 콘크

리트 담을 허는 것만이 아니라 사람들의 마음속에 있는 갈등과 분열로 단절된 관계를 치유하는 것도 포함합니다.

사도 바울은 예수 그리스도가 이 세상의 담을 헐어 내는 평화의 주님이라고 했습니다(에베소서 2장 14절). 우리에게는 크게 세 가지의 담이 있습니다. 첫째, 하나님과 나 사이에 막혔던 담입니다. 둘째, 나와 이웃 사이에 막힌 담입니다. 그리고 세 번째, 내가 내스스로에게 쌓아 놓은 담입니다.

예수님은 내 죄와 허물을 지고 십자가에서 돌아가심으로써 나와 하나님 사이에 가로막혔던 담을 모두 허무셨습니다. 사도 바울은 우리가 그리스도 예수 안에서 가까워졌다(에베소서 2장 13절)고 합니다. 하나님과 가까워졌다는 것은 하나님과 나 사이의 담이 사라지고 친밀해졌다는 말입니다.

예수님은 하나님과 나 사이에 가로막힌 죄의 담장을 허무셨을 뿐 아니라 내가 언제든 하나님 아버지 앞에 나아갈 수 있는 길을 열어 주셨습니다. 그래서 "우리는 긍휼하심을 받고 때를 따라 돕는 은혜를 얻기 위하여 은혜의 보좌 앞에 담대히 나아갈 것이니라"(히브리서 4장 16절) 하고 하나님 앞에 담대하고 당당하게 나오라고 초대하십니다.

이제 내가 하나님 앞에 나아가는 데 그 어떤 담도 없습니

다. 여전히 나는 허물 많은 죄인이지만, 열심도 부족하고 하나님께 드린 것도 없지만, 그럼에도 예수님 안에서 언제든 당당하게 하나님께 나가 나의 필요를 아뢰고 하나님의 은혜를 받을 수 있는 사랑스런 자녀가 되었습니다.

그런데 하나님 앞에 당당히 나가는 것을 방해하는 담이 하나 남아 있습니다. 내가 나를 미워하는 담입니다. 많은 사람들이 자기 자신을 사랑한다고 생각합니다. 그러나 이기심과 자기 사랑은 다릅니다. 나를 사랑하는 것은 오늘의 나를 인정하고 받아들이는 것입니다. 지금의 나를 사랑하지 못하면 하나님을 사랑할 수 없고, 이웃도 사랑할 수 없습니다.

예수께서 십자가를 지심으로 하나님 앞에 놓여 있던 담을 모두 제거해 주셨지만, 하나님을 원망하는 내 마음이 하나님 앞에 다시 높은 담을 쌓게 합니다. 예수님은 네 이웃을 네 몸처럼 사랑하라고 말씀하셨습니다. 그런데 내가 정말 사랑해야 할 이웃은 가장 먼저 바로 나 자신입니다.

나를 사랑하는 것은 지금의 나를 인정하는 것입니다. 남과 비교해 부족한 게 많은 내 모습이 마음에 들지 않지만, 오늘 이 모습 그대로 나를 인정하고 받아들일 때 하나님께 감사하는 마음으로 나갈 수 있습니다. 나를 사랑함이란, 내게 없는 것이 아니라 하나님이 내게 주신 선물에 눈을 뜨는 것입니다.

오래전 마당에 느티나무와 후박나무, 천도복숭아와 자두나무를 심은 적이 있습니다. 몇 해가 흐르고 어느 날 보니 자두나무 껍질을 어떤 벌레가 빙 돌아가며 벗겨 먹은 것이 눈에 들어왔습니다. 이제 나무가 죽겠구나 싶어 안타까웠습니다. 그런데 놀라운 일이 벌어졌습니다. 자두나무 몸에서 며칠 동안 누런 진액이 뿜어 나오기 시작했습니다. 그리고 그 거품과 진액이 딱딱한 껍질로 변해 갔습니다. 껍질이 벗겨진 자신의 상처를 진액을 뿜어 스스로 치유한 것입니다. 덕분에 자두나무는 위가 아래보다 더 굵은 기형적인 나무가 되었습니다. 그러나 그런 모습은 그리 중요하지 않았습니다. 벌레가 파먹은 내 모습이 흉하다고 포기하지 않고 스스로를 치유해 살아난 것이 중요합니다.

한 해 두 해 시간이 흐르며 더 놀라운 일이 벌어졌습니다. 나무가 점점 굵어지며 이젠 어디에 상처가 있었는지 흔적조차 사라진 것입니다. 자두나무는 한번 상처 입었다고 절망하거나 삶을 포기하지 않았습니다. 하나님이 주신 하나밖에 없는 생명을 사랑했기에 아픔을 참고 견뎠습니다.

십자가를 진다는 것은 크고 거창한 일에 있지 않습니다. 내 마음에 들지 않지만 부족한 나를 받아들이는 것도 내가 져야 할 십자가입니다. 새가 하늘을 날기 위해서는 양쪽 두 날개가 필요합니다. 장점이 아무리 많아도 한쪽 날개로만 하늘을 날 수는 없습니다. 나의 허물과 아픔과 못난 모습들도 바로 나 자신입니다. 우리는 장점과 단점이라는 두 개의 날개가 있어야 하늘을 날 수 있습니다.

우리는 매일 조금씩 성장하는 나무와 같습니다. 내가 과거에 받은 상처와 아픔만 기억하면 우리 안에는 슬픔과 불행의 나무가 자랍니다. 반대로 지금의 나를 인정하고 내 안에 있는 감사의 조건들을 생각하면 기쁨과 행복의 열매를 맺는 나무로 자랍니다.

산을 오르다 보면 돌멩이와 발을 찌르는 가시나무가 가득합니다. 이 모든 것을 깨끗하게 치워야 산을 오를 수 있는 것은 아닙니다. 방법은 간답니다. 아무리 돌과 가시가 많아도 내 발에 튼튼한 등산화만 신으면 산길에 널린 어떤 장애물도 걱정할 필요가 없습니다. 오늘의 나를 받아들이는 '자기 사랑'이란 험한 세상을 달려가기 위해 등산화를 신는 것과 같습니다.

내 안의 나를 미워하는 담을 없애는 것, 하나님 사랑과 이웃 사랑의 십자가를 지는 첫 걸음입니다.

세상을 치유하는 교회

얼마 전 이런 사건이 있었습니다. 한밤중 산속에서 여자 비명소리가 들린다는 신고를 받고 경찰이 출동했습니다. 그런데 아무리 산을 수색해도 이상한 점을 찾을 수 없었습니다. 한참 수색하던 끝에 발견한 것은 젊은 여성 세 명이 탄 승용차가 전부였습니다. 여자 비명소리가 들렸다는데 이상한 것을 보지 못했냐고 물으니 아무것도 보지 못했다고 합니다. 그래도 혹시나 싶어 계속 추궁하자 솔직하게 털어 놓았습니다. 취직이 너무 안 돼 산에 올라 "하나님, 취직 좀 하게 도와주세요!"라고 소리를 질렀다는 것입니다. 한밤중 산속에서 들리는 여인들의 고함소리를 누군가 사람을 해치는 비명소리로 듣고 경찰에 신고했던 것이지요.

이 사건은 이렇게 해프닝으로 끝났지만, 일하고 싶어도 일할 직장을 구하기 힘든 현재 대한민국의 아픔을 보여 주는 사건이었

습니다. 얼마나 답답하고 힘들었으면 한밤중 캄캄한 산에 올라 취직하게 해 달라고 절규했을까요.

요즘 젊은이들이 취직하기 어려운 것은 그들이 게으르거나 실력이 부족해서가 아니라 일자리가 부족하기 때문입니다. 지금 대한민국은 개인적인 노력만으로 세상을 이겨 나가기 어려운 병든 사회가 되었습니다.

세상은 이렇게 아픈데 교회는 여전히 하나님을 열심히 믿으면 복을 받는다며 교회생활 잘하는 것만 우선적으로 강조합니다. "하나님, 취직하게 도와주세요" 하고 절규하는 성도들의 아픔을 외면하고 있습니다.

교회는 복을 빌어 주는 무당이 아닙니다. 성경 어디에도 예수 믿으면 복 받는다고 기록된 곳이 없습니다. 오히려 예수 믿으면 세상의 빛과 소금으로 변화됩니다. 그러나 오늘 교회는 변화를 거부한 채 하나님의 이름으로 복을 빌어 주는 주술사로 전락했습니다.

교회가 세상의 아픔을 외면하고 복 장사를 하는 동안 많은 사람들이 자기계발서에 빠지고 있습니다. 그러나 자기계발서가 진정한 치유가 될 수는 없습니다. 오늘 이 세상의 아픔은 개인의 잘못이라기보다 잘못된 사회 구조에 더 큰 이유가 있기 때문입니다. 세상을 치유하지 않고서는 개인이 안고 있는 질병을 낫게 할 수 없습니다.

성경에서 하나님은 고아와 과부 등 세상에서 소외되고 연약한 자들과 자신을 동일시하셨습니다. 사회의 약자를 양산해 내는 잘못된 정치·경제·문화 제도들은 모두 하나님 앞에 죄입니다. 교회는 약자를 만들어 내는 잘못된 사회적 억압들을 풀어 소통케 하여 모든 사람이 더불어 살아가는 하나님 나라를 만들라는 소명을 받았습니다. 인간을 소외시키는 억압을 풀어 소통하는 하나님 나라를 이루기 위해서는 교회가 정의와 사랑을 안고 세상으로 달려가야 합니다.

교회는 세상의 아픔을 치유해 주는 곳이 되어야 합니다. 힘들고 아픈 이들을 품어 상처를 치유하고 기운을 북돋아 주는 따뜻한 사랑의 공동체가 되어야 합니다. 예수님을 만난 이들이 모인 초대교회는 나눔과 사랑이 넘치는 건강한 공동체였습니다. 그곳에서는 신분의 차이가 중요하지 않았습니다. 서로 가진 것을 나누며 희망을 일궈 가는 사랑의 공동체였습니다.

예수님은 세상의 치유자로 오셨습니다. 예수님은 사람들의 많은 질병을 치료해 주셨습니다. 예수님의 치유는 신체적 질병의 치유만을 의미하지 않습니다. 예수님은 인간을 소외시키는 사회의 잘못을 온몸으로 거부하고 사람 중심의 하나님 나라를 소망하셨습니다.

예수님은 신앙이란 이름으로 사람을 억압하지 않으셨습니다. 예수님은 인간을 소외시키는 구조적인 사회 악에 온몸으로 저항하시며 하나님의 백성들이 사람다운 삶을 살기를 원하셨습니다. 예수님은 사람과 세상을 함께 치유하셨습니다.

교회는 예수님처럼 세상을 치유하는 십자가 소명을 감당해야 합니다. 세상의 아픔과 불의와 거짓을 태우는 난로가 되어야 합니다. 그저 복이나 파는 얄팍한 굿판이 되어서는 안 됩니다.

이제 교회가 새로워져야 합니다. 교회라는 담장 안에 갇힌 죽은 교회가 아니라, 세상을 향해 달려가 성도들의 삶을 옥죄는 잘못된 사회 구조악을 바로잡는 생명력 있는 교회가 되어 가도록 힘써야 합니다. 그것이 바로 교인들의 삶을 치료하는 것이기 때문입니다.

교회가 구직 기관은 아니지만, 그러나 성도들의 아픔이 잘못된 사회 구조 때문에 벌어지는 일이라면, 교회는 세상의 치유를 위해 함께 나서야 할 사명이 있습니다. 이 세상은 하나님이 만드셨기 때문입니다.

예수님의 향기

꽃이 피면 부드러운 향기가 멀리 퍼져 나갑니다. 사도 바울은 우리가 바로 그리스도의 향기라고 했습니다.

"14항상 우리를 그리스도 안에서 이기게 하시고 우리로 말미암아 각처에서 그리스도를 아는 냄새를 나타내시는 하나님께 감사하노라. 15우리는 구원받는 자들에게나 망하는 자들에게나 하나님 앞에서 그리스도의 향기니 16이 사람에게는 사망으로부터 사망에 이르는 냄새요 저 사람에게는 생명으로부터 생명에 이르는 냄새라. 누가 이 일을 감당하리요."(고린도후서 2장 14~16절)

그리스도인의 향기는 세상에 예수님을 아는 냄새를 풍기는 것이요, 사람을 살리는 생명의 향기입니다. 향기는 보이지 않습니다. 보이지 않는다고 존재하지 않는 게 아닙니다. 보이지

않고 만질 수 없어도, 부드럽고 달콤한 향기는 많은 사람을 행복하게 해 줍니다.

어떻게 우리가 세상 속에서 그리스도의 향기가 될 수 있을까요? 거리에 나가 '예수 천당, 불신 지옥'을 외치지 않아도 세상을 행복하게 해 주는 그리스도의 향기가 되는 길이 있습니다. 내 삶의 자리에서 십자가를 지고 예수님을 따르는 것이지요.

꽃이 피면 저절로 향기가 뿜어 나오듯, 십자가는 내 삶을 세상 속에 그리스도를 드러내는 생명의 향기로 만들어 줍니다. 십자가를 지고 그리스도의 향기가 되는 것은 어느 날 갑자기 목숨을 내놓는 거창한 순교에 있지 않습니다. "그리스도 예수의 사람들은 육체와 함께 그 정욕과 탐심을 십자가에 못 박았느니라"(갈라디아서 5장 24절)는 사도 바울의 말씀처럼, 세상을 향한 욕심을 십자가에 못 박고 예수님의 이름으로 사랑과 겸손과 인내와 온유와 나눔의 삶을 사는 것입니다.

한번 용기 내서 큰 희생을 하는 것은 오히려 쉽습니다. 그러나 매일의 일상에서 예수님의 마음으로 사랑을 실천하는 것은 더 어렵습니다. 매일 아침마다 새로운 꽃을 피어 내듯 내 삶의 자리에서 사랑의 꽃, 인내의 꽃, 겸손의 꽃, 나눔의 꽃, 배려의 꽃, 기도의 꽃을 피우는 것입니다. 오늘 내가 있는 자리에서 예수 사랑의 꽃을 피워 낼 때, 나에게서 풍겨 나가는 예수님의 향기가 세상을 더 아름답게 만들고, 그것이 곧 하나님 나라가 되는 것입니다.

샘에 물이 가득하면 저절로 넘쳐흐르듯, 내 안에 예수님의 마음이 가득하면 부드러운 미소로, 따뜻한 사랑으로, 함께하는 나눔으로 자연스럽게 세상을 향해 흐르는 예수님의 향기가 됩니다.

꽃이 피면 향기는 저절로 흐릅니다. 그러나 가짜 꽃은 아무리 화려해 보여도 향기가 없습니다. 가짜 꽃은 벌과 나비가 찾아들지도 않습니다. 가짜 꽃은 시들지도 않고 언제나 그 모양 그대로입니다. 진짜 꽃과 가짜 꽃의 차이는 여기 있습니다. 진짜 꽃은 향기를 뿜어 벌과 나비를 초대하고, 때가 되면 조용히 사그라집니다.

사람들은 아름다운 꽃을 좋아합니다. 그러나 식물들은 꽃이 목적이 아닙니다. 열매를 맺기 위해 잠시 필요한 것뿐입니다. 꽃은 지금 아무리 모습이 아름다워도 이 모습 그대로 오래 있어야 한다고 고집하지 않습니다. 자신의 목적을 이루고 때가 되면 땅에 떨어져 조용히 사라집니다.

꽃은 매혹적인 빛깔과 아름다운 자태를 며칠 더 자랑해야 한다고 고집하지 않습니다. 꽃은 열매의 새로운 시작을 위해 기꺼이 자리를 내놓고 먼 길 훌쩍 떠납니다. 꽃은 목적이 아니라 과정이었습니다. 벌과 나비를 유인하기 위한 수단이요, 열매를 풍성하게 맺기 위한 도구였습니다. 때가 되면 훌쩍 길 떠나는 꽃이기에 그 마음이 기특해 하나님이 더 꽃을 아름답게 만드셨는지도 모릅니다.

참그리스도인과 가짜 그리스도인의 차이는 어디에 있을까요? 주일날 성경책 들고 교회 나가는 데 있지 않습니다. 십일조와 헌금을 잘 내는 것도 참그리스도인의 구별법이 아닙니다. 예수님을 믿지 않아도 교회에 나갈 수 있고, 더 많은 복을 얻기 위한 복채로 십일조와 헌금을 듬뿍 낼 수도 있기 때문입니다.

십자가를 지고 예수님을 따르는 것은 한 송이 꽃이 되는 것입니다. 꽃을 피워 세상에 향기를 풍기고, 때가 되면 조용히 길 떠나기를 기뻐하는 꽃이 되는 것입니다. 꽃 같은 마음이 우리 안에 가득 피어나기를 기도합니다.

선택의 기준

따끈한 물이 가득한 탕 속에 몸을 담그고 천정을 바라본 순간, 송골송골 맺힌 물방울이 감람산에서 땀방울이 핏방울이 되도록 기도하시던 예수님을 떠올리게 했습니다.

잡히시기 전날 밤, 예수님은 제자들과 함께 감람산에 올랐습니다. 제자들에게 시험에 들지 않도록 깨어 기도하라고 당부하신 후, 조금 떨어진 곳에서 홀로 기도하기 시작하셨습니다. 이날 예수님의 기도는 이전과는 전혀 다른 기도였습니다. 십자가의 끔찍한 고통과 죽음을 선택해야 하는 기도였기 때문입니다.

"아버지여, 만일 아버지의 뜻이거든 이 잔을 내게서 옮기시옵소서"라고 기도할 만큼, 예수님도 십자가의 참혹한 고통을 피하고 싶었습니다. 그래서 만약 십자가라는 고통의 잔을 피할 수 있다면, 십자가 말고 또 다른 하나님의 길이 있다면, 이 고통의 잔

을 옮겨 달라고 기도한 것입니다. 그러나 예수님은 하나님께 결단의 고백을 합니다.

"아버지여, 만일 아버지의 뜻이거든 이 잔을 내게서 옮기시옵소서. 그러나 내 원대로 마시옵고, 아버지의 원대로 되기를 원하나이다."(누가복음 22장 42절)

예수님의 마음은 십자가의 고통을 피하고 싶었지만, 자신의 뜻이 아니라 하나님 아버지의 뜻대로 되게 해 달라고 기도하셨습니다. 예수님의 선택의 기준은 언제나 아버지의 뜻이었습니다. 끔찍한 죽음의 고통 앞에서도 예수님의 선택의 기준은 '내 뜻'이 아니라 '하나님의 뜻'이었습니다.

인생은 크고 작은 선택의 연속입니다. 하루를 살면서도 많은 선택을 하게 됩니다. 아침에 출근하며 어떤 옷을 입을지 '선택'합니다. 저녁에 집에 돌아와 텔레비전 드라마와 뉴스, 오락 프로그램 들 중에서 마음에 드는 방송을 '선택'합니다. 또 학생들은 어느 대학에 갈 것인지 '선택'합니다. 작은 물방울들이 모여 시내가 되고, 강이 되고, 그 강들이 바다를 이루듯, 내가 선택한 하루하루가 쌓여 내 인생을 만듭니다.

그리스도인은 하늘과 땅이라는 두 세상을 살아가는 존재입니다. 이 세상이 전부가 아니라 우리에게 '하늘'이라는 또 다른 세상이 존재한다면, 오늘 우리가 결정해야 할 많은 사건들 앞에 지금과는 다른 선택의 기준이 있어야 합니다.

하나님의 자녀들이 이 세상을 살아갈 때 참된 선택의 기준이 되어야 하는 것은 무엇일까요? 십자가입니다.

땅과 하늘, 두 세상에 살아가는 그리스도인은 '나'와 '하나님' 사이에서 선택의 갈등을 겪게 됩니다. 나는 이렇게 하고 싶은데 하나님은 반대로 하라고 하실 때가 있습니다. 나는 편안하게 사는 게 좋은데 하나님은 불편한 길로 가라고 하실 때가 있습니다. 세상적인 것을 원하는 내 뜻과, 더 거룩한 하늘을 바라보라는 하나님의 뜻이 충돌하곤 합니다.

우리는 매일 매 순간 하나님의 뜻이라는 부르심 앞에서 내 의지의 선택과 결단이라는 응답을 하게 됩니다. 성경에 나오는 인물들 역시 하나님의 부르심 앞에 선택과 결단으로 나아간 사람들입니다. 하나님은 절대 강요하지 않으십니다. 하나님은 우리가 자발적으로 하나님의 뜻을 구하는 거룩한 길을 선택하기를 바라십니다.

지금 내 앞에 고통과 어둠의 광야 길이 펼쳐 있을지라도 하나님이 나를 버리시지 않는다는 믿음을 내가 선택하는 것입니다. 하나님이 이 어둠의 골짜기에서도 나를 지키고 계신다는 믿음을 내가 선택하는 것입니다. 지금은 끝이 보이지 않는 막막한 고난의 광야 길이지만, 언젠가 하나님이 이 어둠의 길을 끝내시고 약속하신 일을 이루시리라는 흔들리지 않는 믿음을 내가 선택하는 것입니다.

믿음의 길을 가는 우리 모두는 예수님의 제자입니다. 이 세상이 전부가 아니라 하늘의 소망을 안고 살아가는 사람들입니다. 예수님을 따르는 제자의 길이란, 그저 예수 믿고 성공의 요행을 바라는 것이 아니라 배와 그물을 버리고 예수님을 따라간 베드로처럼 나를 버리는 것입니다. 내 뜻과 욕심을 십자가에 못 박고 하나님의 뜻을 선택하는 사람입니다. 십자가에 내가 죽고 내 안에 예수님이 사는 것을 기뻐하는 사람입니다. 매일매일 하나님의 뜻이 내 삶에서 이뤄지길 기뻐하는 사람입니다.

오늘 하나님은 우리의 선택의 기준을 내 뜻과 생각이 아니라 예수님처럼 하나님의 뜻을 구하라고 말씀하십니다. 우리는 이 땅이 전부가 아니라 하늘을 향해 달려가는 하늘의 백성이기 때문입니다.

십자가의 길을 머뭇거리는 우리에게 하나님은 십자가를 좀 더 쉽게 지는 비결을 알려 주셨습니다.

"²믿음의 주요 또 온전하게 하시는 이인 예수를 바라보자. 그는 그 앞에 있는 기쁨을 위하여 십자가를 참으사 부끄러움을 개의치 아니하시더니 하나님 보좌 우편에 앉으셨느니라. ³너희가 피곤하여 낙심하지 않기 위하여 죄인들이 이같이 자기에게 거역한 일을 참으신 이를 생각하라."(히브리서 12장 2~3절)

앞에 있는 즐거움을 바라보며 십자가의 고통과 부끄러움을 견뎌 내신 예수님을 바라보며 우리도 십자가를 지라는 것이지요. 이제 크고 작은 모든 일에, 모든 사건에 실패하지 않는 선택의 기준을 세워야 합니다. 내 뜻이 아니라 하나님 아버지의 뜻을 구한 예수님처럼 말입니다.

지금 여기가 하늘의 문

자동차 과속 방지를 위해 돌 타일로 만든 좁은 골목길, 다양한 모양의 십자가들이 눈에 들어옵니다. 돌 타일 틈새를 시멘트로 메웠는데, 오가는 차량에 의해 시멘트가 깨지면서 형성된 십자가들입니다. 놀랍게도 같은 모양의 십자가가 하나도 없었습니다. 십자가라는 것은 같았지만 각기 다른 형태의 십자가였습니다.

예수님은 '네 십자가를 지고 나를 따르라'고 말씀하셨습니다. 우리 모두는 십자가를 지고 예수님을 따라야 하지만, 너와 내가 져야 할 십자가는 서로 다릅니다. 그렇다면 내가 져야 할 십자가를 어디에서 찾을 수 있을까요?

야곱은 형 에서의 복을 가로챈 후 살아남기 위해 외삼촌 라반이 사는 곳으로 도망가야 했습니다. 하란으로 가는 길은 뜨거운 뙤약볕 아래 끝없이 이어진 낯설고 외롭고 힘든 여정이었습니다. 길을 가다 지쳐 잠든 야곱이 하나님의 사자가 오르내리는 꿈을 꾸었습니다. 잠에서 깨어난 야곱은 놀라운 고백을 합니다. "여호와께서 과연 여기 계시거늘 내가 알지 못하였도다. 이에 두려워하여 이르되, 두렵도다 이곳이여 이것은 다름 아닌 하나님의 집이요, 이는 하늘의 문이로다"(창세기 28장 16~17절).

야곱이 말한 '여기'와 '이곳'은 어디일까요? 만약 지금 우리가 야곱이 잠든 그곳을 정확히 찾아가면 천사들이 오르내리는 하늘의 문을 볼 수 있을까요? 광야 길을 가던 야곱이 운이 좋아 하늘의 문이 열리는 특별한 장소에서 잠이 든 것일까요? 아니면 광야 길을 가다 피곤해 아무데나 잠이 들었는데, 잠든 야곱에게 하나님이 찾아오신 것일까요? 답은 간단합니다. 야곱이 하나님의 집인 특별한 장소에 잠든 게 아니라 아무데나 잠이 든 야곱에게 하나님이 찾아오신 것이지요.

하나님의 집이요, 하늘의 문이라고 야곱이 말한 '이곳'과 '여기'는 특별한 한 장소가 아니었습니다. 야곱이 있는 삶의 모든 자리가 하나님이 함께하시는 하나님의 집이었습니다. 이스라엘에 있는 성전만이 거룩한 하나님의 집이 아닙니다. 교회만이 하나님이 계신 성전이 아닙니다. 오늘 내가 있는 바로 이곳이 하

우리 모두는 십자가를 지고
예수님을 따라야 하지만,
너와 내가 져야 할 십자가는 서로 다릅니다.
그렇다면 내가 져야 할 십자가를
어디에서 찾을 수 있을까요?

나님의 집이요, 성전입니다. 오늘 우리 가정과 내 일터가, 오늘 내 발걸음이 머무는 모든 곳이 하나님이 함께하시는 하나님의 집이요, 하나님의 성전입니다.

만약 지금 내가 있는 모든 곳과 내가 하는 모든 일에 하나님이 함께하신다면, 내 삶의 모든 자리가 하늘의 문을 여는 거룩한 일이라면, 내가 져야 할 십자가 역시 오늘 내가 있는 바로 그 자리에 있습니다. 예수님은 멀리 오지에 선교사로 나가는 것만을 십자가라고 말씀하시지 않았습니다. 오늘 내 삶의 자리에서 내가 져야 할 십자가를 찾는 것입니다.

많은 이들이 하나님을 특별한 곳에서 찾듯 내가 져야 할 십자가도 특별한 것이라고 생각합니다. 그러나 하나님을 만나는 곳도 지금 여기 내 삶의 자리이고, 내가 십자가를 지고 예수님을 따르는 길도 지금 내 삶의 자리에 있습니다. 오늘이 아니라 내일, 여기가 아니라 다른 곳에 십자가는 존재하지 않습니다. 오늘 내가 처한 상황들이 바로 하나님을 만나는 성전이며, 내가 져야 할 십자가입니다.

바로 여기가 하늘의 은혜가 쏟아지는 하늘 문이라면, 오늘 내가 하나님을 만나기 위해 특별한 장소와 시간, 특별한 일과 사건이 필요하지 않습니다. 오늘 우리 가정이 하나님의 집이라면, 내가 집을 쓸며 청소하는 것도, 요리하고 설거지하는 것도 하나님의 집에서 하늘의 문을 여는 거룩한 일이요, 십자가를 지고 예수님을 따르는 일입니다. 오늘 내 일터가 하나님이 함께하는 하나님의 집이라면, 오늘 내가 땀 흘려 일하는 바로 그 자리 그 시간이 하늘의 문을 여는 것이요 내 십자가입니다. 오늘 내가 걸어가는 모든 순간, 내 발걸음이 머무는 모든 자리가 하나님이 함께하시는 성전이라면, 우리는 어디서든 내 마음의 눈을 열어 하나님과 이야기 나누며 하늘의 문을 열 수 있고, 내가 져야 할 십자가를 만날 수 있습니다.

신앙은 어려운 게 아닙니다. 십자가를 지고 예수님을 따르는 것도 거창한 일이 아닙니다. 지금 여기 내 삶의 자리에 계신 하나님과 함께 살아가는 것입니다. "만약 예수님이라면 지금 이 일을, 지금 이 관계를, 지금 이 문제를 어떻게 하셨을까?"라고 모든 것에서 예수님의 뜻을 구하는 것입니다.

십자가를 지고 예수님과 동행하는 참제자는 예배에 열심히 참석하고 기도 많이 하는 사람이 아닙니다. 지금 여기 내 삶의 모든 자리에서 예수님을 바라보고, 모든 것에 예수님을 의지하는 사람입니다. 예수님의 눈으로 세상을 바라보고, 예수님의 뜻을 가슴에 품고, 예수의 마음으로 세상을 사랑하는 사람입니다.

무거운 짐 벗고 날개 달기

십자가를 바라보면서도 우리가 잊고 사는 중요한 단어가 있습니다. 용서입니다. 십자가는 우리를 향한 하나님의 용서입니다. 우리를 하나님 앞에 세우기 위해 하나님은 먼저 우리의 죄와 허물을 예수님의 십자가를 통해 용서하셨습니다.

십자가는 하나님과 우리의 관계가 비극이 되지 않도록 하기 위한 하나님의 멋진 각본입니다. 영화나 연극이 슬픔과 죽음으로 끝맺는 비극이 될지 화해와 기쁨이 넘치는 드라마가 될지는 '용서'에 달렸습니다.

우리의 삶을 기쁨 넘치는 드라마로 만들기 위해 하나님은 십자가를 선택하셨습니다. 용서를 위한 십자가 안에는 예수님의 고통과 눈물이 있지만, 우리에게는 하나님의 자녀가 되는 기쁨과 하나님 앞에 당당히 나가는 자유가 주어집니다. 십자가는 세상을 비극이 되지 않도록 하기 위한 하나님의 가장 놀라운 선물입니다. 십자가는 세상을 기쁨의 축제로 만드는 하나님의 마술입니다.

사람들의 만남에는 갈등이 존재합니다. 사람의 관계가 항상 좋을 수만은 없습니다. 그런데 갈등을 어떻게 풀어 가느냐에 따라 관계의 운명이 달라집니다. 아무리 어렵고 큰 갈등이 있어도 서로 용서하는 만남은 기쁨이 되지만, 용서하지 못하면 비극으로 끝을 맺습니다. 서로 용서할 줄 모르기에 문제가 생깁니다. 서로 용서할 줄 모르기에 작은 문제가 점점 더 커지게 되고, 용서하지 못하기에 결국 분열과 파탄에 이르게 되는 것이지요. 용서하는 만남과 관계에는 희망이 있지만, 용서하지 못하면 분열과 갈등의 아픔만 가득합니다.

내가 십자가를 지고 예수님을 따르는 길은 거창한 데 있지 않습니다. 내가 하나님의 사람으로 살아가는 데 가장 필요한 것은 용서입니다. 용서는 예수님의 마음을 닮아 가는 최고의 길이기 때문입니다.

누군가를 사랑하는 것은 용서를 통해 완성됩니다. 갈등의 연속인 만남과 관계 속에서 용서 없이 서로를 사랑할 수 없기 때문입니다. 사랑한다는 것은 내 안에 끊임없이 일어나는 미움과 원망과의 싸움입니다. 사랑은 더 이상 사랑할 수 없는 사람을 지속적으로 용서하려는 노력입니다.

그러나 용서는 쉬운 일이 아닙니다. 때로 용서는 오지에 나가 선교하는 소명보다 더 힘든 십자가가 될 수 있습니다. 그러므로 용서하는 사람은 하나님의 거룩한 성품에 참여하는 사람이 됩니다.

하나님의 자녀가 된 우리는 예수님의 십자가를 통해 하나님께 용서받은 사람들입니다. 오늘도 십자가 안에서 내 허물과 죄를 용서받았습니다. 십자가는 내가 매일 용서받고 새롭게 태어나는 거룩한 성전입니다. 내가 하나님께 아무 조건 없이 용서받았다면, 하나님의 자녀로 살아가는 것 역시 하나님처럼 조건 없는 용서의 삶을 사는 것입니다. 용서 없는 십자가의 길은 없습니다. 십자가 자체가 용서의 상징이기 때문입니다. 내가 져야 할 십자가는 오늘 내 마음을 아프게 하는 가족과 이웃을 향한 용서를 통해 시작됩니다.

용서는 쉽지 않습니다. 내 마음의 상처는 더더욱 용서를 힘들게 합니다. 우리는 상대방을 용서하기 전에 먼저 변화를 요구합니다. 용서받을 자격을 갖추라는 것이지요. 상대방으로부터 내가받은 상처가 큰데, 용서하는 것만으로도 큰 용기가 필요한데, 변화하지 않은 상대를 용서하기란 더욱 어렵기 때문입니다. 그러나 내가 용서받을 만한 자격이 있어 하나님께 용서받은 것이 아니듯, 우리 역시 상대방에게 용서받을 자격을 따져서는 안 됩니다. 십자가를 지고 예수님을 따르는 사람은 일흔 번씩 일곱 번이라도 서로를 용서하는 사람입니다.

예수님을 따라가는 내 십자가는 멀리 있지 않습니다. 오늘 내 마음을 짓누르는 미움의 관계를 먼저 용서하는 것입니다. 용서란 미움의 무거운 짐을 털어 버리고 날개를 다는 것입니다.

십자가를 지고 예수님을 따르는 것은 특별히 부름 받은 몇몇 사람의 이야기고, 우리는 그저 열심히 믿고 복 받아 잘사는 게 신 앙이라고 생각하기 쉽습니다. 그러나 예수님은 "자기 십자가를 지고 나를 따르지 않는 자도 내게 합당하지 아니하니라"(마태복음 10장 38절) 하시며, 십자가가 모든 사람을 향한 하나님의 부름이라 고 강조하셨습니다.

십자가를 지는 길을 멀리서 찾을 필요가 없습니다. 십자가를 지고 예수님을 따르는 길은 우리 '혀'에서부터 시작되어야 합니 다. 타인에게 상처 주는 말을 하며 예수님을 따르는 사람이 될 수 없기 때문입니다. 가정과 교회 안의 갈등은 혀에서부터 시작됩 니다. 작은 불씨가 산을 태우듯, 작은 말 한마디가 갈등과 분쟁의 시작이 되곤 합니다. 야고보 사도는 지극히 작은 키로써 사공의 뜻대로 운행하는 배처럼 숲을 태우는 작은 불 같은 것이 혀라며, 혀는 죽이는 독이 될 수도 있고 하나님의 영광이 될 수도 있다고 혀의 중요성을 강조했습니다(3장 2~10절).

내 입의 말이 달라지면 내 주변의 모든 관계에 기쁨의 꽃이 피어납니다. 내 입에서 나가는 말이 상처 주는 가시 돋친 말이 아니라 격려의 말, 위로의 말, 칭찬의 말로 바뀌면 우리 가정과 교회와 세상이 달라집니다.

우리는 살인과 폭행에 관한 뉴스를 매일 듣고 봅니다. 그런데 인간은 몸만 아니라 마음도 상처를 받습니다. 폭력에 의해 다친 몸의 상처는 시간이 지나면 아물고 회복되지만, 마음의 상처는 평생을 따라다니며 괴롭힙니다. 때로 마음의 상처로 인해 자살하는 사람도 있습니다. 신체에 가해지는 폭력만이 아니라 마음에 상처를 주는 말도 심각한 폭력입니다.

누군가에게 상처 주는 말을 하고서 "나는 그런 뜻이 없었다"고 변명하지만, 이미 마음에 깊은 상처를 준 뒤입니다. 사무엘상 1장을 보면, 한나는 가슴을 찌르는 브닌나의 말로 인해 슬픔 속에서 살아갑니다. 상처 주는 말을 내뱉는 브닌나와 한 지붕 아래 살아가는 한나에게 집은 더 이상 안식과 행복의 장소가 아니라

모욕과 고통의 감옥이었습니다.

세상에 지치고 시달린 힘든 사람들이 하나님께 위로받기 위해 교회에 나옵니다. 그러나 위로와 평안 대신 오히려 교회에서 상처받는 이들이 많습니다. 상처 주는 말을 뱉는 브닌나 같은 이들이 교회 안에 많기 때문입니다.

우리 가정과 교회와 세상을 따뜻한 천국으로 만드는 간단한 비결이 있습니다. 내가 바뀌면 됩니다. 내 입에 십자가를 세우는 것입니다. 내 입에서 나가는 말은 상대방 마음에 뿌리는 씨앗입니다. 내 입에서 나가는 부드럽고 따뜻한 말은 상대 마음에 기쁨의 꽃이 피어나게 하지만, 가시 돋친 말은 상대의 마음을 아프게 하고 절망에 빠트리기도 합니다. 배려하지 않는 가시 돋친 말 한마디는 주먹보다 위험한 폭력이 되곤 합니다.

우리는 말을 너무 쉽게 합니다. 부부 사이에, 부모와 자녀 사이에, 친구 사이에 친밀하다는 이유로 말을 함부로 하곤 합니다. 친밀하다는 것은 가족과 공동체 안에서 말을 함부로 해도 된다는 면허증이 결코 아닙니다.

세상의 빛과 소금이 되는 십자가의 길은 멀지 않습니다. 내 혀에서 나가는 말을 위로의 말, 격려의 말, 희망의 말, 부드럽고 온

화한 말, 긍정의 말로 바꾸는 것입니다. 반대로 내 혀에서 버려야 할 말은 상대방을 저주하는 말, 깎아내리는 말, 화나게 하는 말, 상처 주는 말, 비난하는 말, 하인 부리듯 명령하는 말, 상대방을 무시하는 말, 그리고 부정의 말입니다.

예수님은 담을 허무는 분이셨습니다. 그리스도인 역시 예수님처럼 사람 사이의 갈등과 분열의 담을 허무는 사람입니다. 그런데 작은 말 한마디가 사람 사이에 담을 쌓기도 하고 허물기도 한다는 사실을 생각한다면, 십자가를 지고 예수님을 따르는 길은 내 입의 혀에서부터 시작되어야 한다는 사실을 깨닫게 됩니다. 십자가는 저 먼 곳이 아니라 바로 내 입에 있습니다.

❖ 4장 ❖

눈물의

십자가

하나님의 어릿광대

비 오는 대학로 거리의 연극 공연 홍보지 중 〈품바〉가 제 눈길을 끌었습니다. 나를 위해 자신을 사람들의 웃음거리로 내놓으신 품바 예수를 만났습니다. 예수님이 기꺼이 사람들의 웃음거리가 된 것은 우리를 사랑하셨기 때문입니다. 사랑은 사랑하는 사람을 위해 어떤 일이든 감수하게 합니다. 때로 사랑하는 사람을 위해 자신의 전부인 목숨을 내놓는 무모함도 서슴치 않지요.

마이클 프로스트(Michael Frost)는 《바보 예수》(Jesus the Fool)라는 책에서 하나님의 어릿광대 품바 예수를 더 깊이 이해할 수 있는 설명을 합니다.

"《우신 예찬》에서 16세기 인문주의자 에라스무스(Desiderius Erasmus)는 자연적인 바보와 의도적인 바보로 구분했다. 자연적인 바보는 사리분별을 따질 능력이 부족하다. 그는 얼간이에다 순진

하며 악의도 없다. 반면 의도적인 바보는 전문적인 광대이자 궁정의 어릿광대. 의도적인 바보는 풍자를 매개 삼아, 다른 사람들이 생각하지만 감히 입 밖에 내지 못하는 것들을 말한다."

예수님은 우리에게 하나님 나라를 선물하기 위해 기꺼이 하나님의 어릿광대가 되셨습니다. 예수님은 태어남부터 죽기까지 전 과정이 하나님의 기쁨을 위한 어릿광대였습니다. 하나님의 뜻을 먼저 생각했고, 우리를 자신의 목숨처럼 사랑했습니다.

말씀으로 온 우주를 지으신 그 크신 하나님이 인간이 되겠다는 참 웃기는 결정을 하셨습니다. 더 재미난 것은 하나님이 인간의 돌봄이 필요한 무기력한 아기로 태어난 것입니다. 그것도 화려한 궁정이 아니라 세상에서 가장 낮고 추한 마구간의 구유였습니다. 놀라운 코미디지요. 하나님이 사람이 된다는 것, 그것도 가장 연약한 아기로 가장 추한 곳에 오셨다는 것은 사랑이 모든 것을 가능케 한다는 것을 보여 줍니다.

예수님은 종려나무 가지를 흔드는 사람들의 열렬한 환영 속에서 예루살렘에 입성하셨습니다. 그런데 품바 예수님은 멋진 말이 아니라 나귀 새끼를 타고 예루살렘 성에 들어오셨습니다. 제사장과 로마 사람들에게 얼마나 바보 같은 모습으로 비춰졌을까요?

물고기 두 마리와 빵 다섯 개로 5천 명을 먹이고도 남는 기적의 능력을 행하신 분이었습니다. 소경의 눈을 뜨게 하고, 문둥병을 고치고, 죽은 과부의 아들을 살려 내고, 죽은 지 사흘이 지나악취 나는 나사로를 살려 내실 만큼 능력을 가지신 분이었습니다. 그러나 가장 무기력하고 처참하게 십자가에 달려 죽는 바보같은 결정을 하셨습니다.

십자가를 지고 죽으리라는 예수님의 말씀에 베드로는 강력한반대의사를 표합니다. 아마도 베드로는 "예수님, 그건 너무 어리석은 일이에요" 하며 극구 만류했을 것입니다. 그러나 예수님은베드로에게 "사탄아, 물러가라. 네가 하나님의 일은 생각하지 않고 사람의 일만 생각한다" 하시며 꾸짖으셨습니다.

사탄은 우리에게 좀 더 합리적이고, 좀 더 효율적이고, 좀 더멋진 방법으로 하나님 나라를 추구하라고 합니다. 그래서 좀 더큰 건물이 필요하고, 좀 더 많은 헌금이 필요합니다. 그러나 예수님은 더 효율적이고 멋진 방법이 아니라 세상에서 가장 어리석은십자가를 선택하셨습니다.

예수님을 따름은 십자가의 길을 함께 가는 것입니다. 예수님과 함께하는 십자가의 길은 목숨을 내놓는 순교만을 의미하지 않습니다. 십자가를 지고 가는 하나님의 어린 양 예수는 사람들의 조롱과 멸시와 모욕을 받는 웃음거리였습니다. 예수님을 따름이란 예수님 때문에 기꺼이 세상의 바보가 되는 것을 감당하는 것입니다. 세상에서 인정받고 싶은 마음, 더 높아지고 싶은 마음, 더 누리고 싶은 것들을 내려놓고 더 낮아지는 삶을 사는 것입니다.

십자가는 죽기까지 우리를 사랑하신 하나님의 어리석음을 이야기합니다. 우리를 위해 자신의 이익을 계산하지 않고 모든 것을 내놓으신 하나님을 말합니다. 그런데 우리는 하나님 영광을 위해 희생을 강요하는 하나님이라고 잘못 생각합니다.

바보 예수님은 오늘 한국 교회에서 선포되는 예수님과는 너무 다른 분입니다. 예수님은 능력이 있음에도 불구하고 소유의 유혹을 거부한 바보였습니다. 예수님은 하나님의 아들임을 증명하라는 유혹을 거절한 바보였습니다. 예수님은 세상 모든 사람들이 원하는 권력과 영광을 누리고 싶은 유혹을 거절하고 십자가의 고난을 선택한 바보였습니다.

기독교는 바보들의 역사입니다. 사울은 바보 예수를 만난 후 자신의 모든 것을 내놓는 바보의 길을 따라갔습니다. 하나님의 아들임에도 불구하고 부와 인기와 권력을 버린 바보 예수처럼 사도 바울 역시 예수 외에는 모든 것을 배설물로 여기는 바보 제자가 되었습니다. 그런데 오늘날 교회에는 예수님을 팔아 인기와 부와 권력을 누리는 목회자들이 있습니다. 교회가 세상에서 지탄받는 이유입니다.

십자가는 나를 위해 기꺼이 세상의 웃음거리가 되신 품바 예수님을 말합니다. 품바 예수님의 십자가를 볼 수 있는 사람은 나도 기꺼이 그분을 위해 세상의 품바가 되는 길을 선택하게 될 것입니다.

내가 목마르다

눈길에 넘어지지 않도록 뿌린 염화칼슘이 녹자 보도블록에 하얀 소금 테두리가 형성되었습니다. 십자가를 지고 골고다 언덕을 오르던 예수님의 입술은 하얀 소금기로 가득했습니다. 목이 타는 갈증으로 인해 생긴 것이지요.

입술에 소금기가 밸 만큼 예수님의 갈증이 심각했음을 알게 된 계기가 있습니다. 신학생 시절 그뤼네발트(Matthias Grünewald)의 십자가에 달린 예수님의 성화를 처음 보았습니다. 친구가 독일에서 선물로 받은 작은 엽서였습니다. 지금까지 본 성화 중 예수 십자가의 처절한 고통을 가장 실감나게 표현한 성화였습니다.

카메라로 엽서를 찍었습니다. 보통 엽서를 사진 찍으면 거친 종이입자로 인해 선명한 사진을 얻을 수 없습니다. 그럼에도 예수님의 고통을 표현한 성화를 간직하고 싶었습니다. 성화 중 십자가에 달린 예수님의 상체와 입술 부분을 확대 촬영했습니다. 기적 같은 일이 일어났습니다. 사진을 현상해 보니 마치 실물을 찍은 것처럼 선명하게 나온 것입니다. 사진 속 예수님의 입술에는 목이 찢어지는 타는 목마름으로 인한 하얀 소금기가 짙게 배어 있었습니다. 이 사진은 신학교 시절부터 지금까지 30년 가까운 기간 동안 제 책상 앞에 항상 놓여 있습니다.

신학교를 졸업한 뒤 강원도 산 속에 집을 짓고 홀로 기거한 적이 있습니다. 십자가를 지고 골고다 언덕을 오르신 예수님의 고통을 조금 더 깊이 느껴 보고 싶었습니다. 사순절 기간인 어느 날 저녁, 기다란 통나무를 등에 지고 언덕을 오르기 시작했습니다. 혹시 강 건너 마을의 누가 볼까 싶어 초승달이 뜬 어둔 저녁을 선택했습니다.

기다란 통나무를 어깨에 매고 언덕을 오르기 시작하자 생각지 못한 통증이 찾아왔습니다. 땅에 질질 끌리는 통나무가 돌에 튕길 때마다 망치로 내리치는 듯한 고통이 어깨로 전해졌습니다. 언덕을 조금 오르자 심장이 쿵쾅거리며 헐떡이기 시작했습니다. 시원한 달밤이었음에도 불구하고 몇 걸음 가지 않아 목이 타기 시작했고, 가시로 찌르는 듯한 갈증으로 인해 목이 찢어지는 고통이 밀려 왔습니다.

십자가를 질 수 있나 주가 물어 보실 때,
죽기까지 따르오리 성도 대답하였다.
우리의 심령 주의 것이니 당신의 형상 만드소서.
주 인도 따라 살아갈 동안 사랑과 충성 늘 바치오리다.

우리가 종종 부르는 찬송가입니다. 만약 주님이 내게 '십자가를 지고 나를 따르라'고 말씀하신다면, 죽기까지 따르겠다고 선뜻 대답할 수 있을까요? 과연 십자가의 고통을 이해하고도 십자가를 지고 예수님을 따르겠다고 쉽게 말할 수 있을까요?

오병이어의 기적을 베푸셨을 때 수많은 관중이 예수님을 환호했습니다. 어린 나귀를 타고 예루살렘에 입성하실 때, 수많은 관중이 종려나무 가지를 들고 나와 "호산나 찬송하리로다. 주의 이름으로 오시는 이 곧 이스라엘의 왕이시여"(요한복음 12장 13절) 하며 열렬히 환영했습니다.

그러나 그들의 환호는 오래가지 않았습니다. 물고기 두 마리와 떡 다섯 개로 5천 명을 먹일 만큼 능력의 예수님입니다. 그들은 예수님이 로마의 압제에서 이스라엘을 구원해 줄 왕이라 기대

했습니다. 그러나 예수님이 무기력하게 붙잡혀 고문당하시자 그들의 환호는 저주와 멸시로 변했습니다. 예수님을 추종하던 많은 제자도 떠났습니다.

십자가 안에는 배신당하고 버림받은 예수님의 외로움이 있습니다. 십자가 안에 침 뱉음과 조롱과 멸시당하신 예수님의 아픔이 있습니다. 십자가 안엔 채찍질당해 만신창이가 된 예수님의 처절함이 담겨 있습니다. 십자가 안엔 머리에 가시관을 쓰신 예수님의 피 흘리심이 있습니다. 십자가 안엔 무거운 십자가를 지고 골고다 언덕을 향해 오르시던 예수님의 힘겨운 발걸음이 있습니다. 십자가 안엔 넘어지면서도 끝내 십자가를 놓지 않으신 예수님의 애끊는 사랑이 있습니다. 십자가 안엔 골고다 언덕 위에 많은 사람들이 보는 앞에 옷이 벗겨지는 예수님의 수치가 있습니다. 십자가 안에는 손과 발에 못이 박힌 예수님의 처절한 고통과 피와 눈물이 있습니다.

십자가 안엔 피 흘린 자의 갈증으로 숨을 헐떡이며 골고다 언덕을 오르시던 예수님의 목마름이 있습니다. 십자가에 달려 목마르다고 외치시던 예수님의 고통이 있습니다.

십자가를 장식으로 목에 거는 사람은 많으나 십자가를 마음

깊이 붙들고 예수님을 따르려는 사람은 적습니다. 복을 받는 수단으로 예수님의 이름을 파는 목회자는 많으나 예수님처럼 십자가를 등에 지고 골고다 언덕을 오르려는 목회자는 찾아보기 힘듭니다. 처절한 고통으로 죽어 가는 예수님 앞에 나가 헌금 조금 던져 놓으며 복을 비는 사람들은 교회 가득한데, 목숨을 내어주기까지 우리를 사랑하신 예수님을 따르려는 사람은 적습니다.

십자가는 복을 받기 위한 수단이 아닙니다. 십자가는 그저 교회를 상징하는 장식품이나 목에 거는 장신구가 아닙니다. 십자가는 내 삶의 전부여야 합니다. 십자가는 내 삶의 이유요, 목적이어야 합니다.

오늘 내가 예수님을 믿는 것은 오병이어의 기적을 체험한 후 종려나무 가지를 흔들던 이스라엘 백성들의 기대와 같지 않을까요? 예수님이 내 필요를 채워 주시리라는 막연한 기대 때문에 오늘도 열심히 예배에 참석하고 교회 봉사와 헌신에 열을 다하는 것은 아닐까요?

예수님을 믿는다는 것은 그분이 이루고자 하신 하나님 나라를 위해 우리도 동참함을 의미합니다. 그러나 내가 예수님의 십자가를 지고 따른다는 것이 예수님처럼 채찍에 맞고 피를 흘려

야 하는 것을 의미하지만은 않습니다. 간혹 그런 순교의 길로 초
대받은 소수의 사람들도 있지만, 모든 사람이 똑같이 그런 길을
가야 하는 것은 아닙니다. 그러나 십자가와 동떨어진 삶을 살 수
는 없습니다. 삶의 모든 순간에 십자가의 마음으로 살아가는 것
입니다.

영광과 성공과 복 받음과 출세의 탐욕으로 예수님 앞에 나오
는 것이 아니라, 버림과 배신과 고통과 굴욕과 모욕과 수치로 가
득한 예수님의 십자가 마음을 내 안에 새기고 일상에서부터 작은
실천을 하는 것입니다.

오직 예수님의 피만이

골목길 과속방지턱에서 만난 십자가입니다. 붉은 피가 뚝뚝 떨어지는 십자가였습니다. 십자가는 2천 년 전 일회성으로 끝난 사건이 아닙니다. 예수님의 사랑은 언제나 현재진행형입니다.

오늘도 십자가를 지고 골고다 언덕을 힘겹게 오르시는 그분의 거친 숨소리가 들려옵니다. 넘어지고 또 넘어지면서도 포기하지 않고 천근보다 더 무거운 한 걸음을 내딛는 예수님이 보입니다. 골고다 언덕에 메아리치는 그분의 비명소리가 들려옵니다. 지금도 골고다 언덕 십자가에 매달린 예수님의 손과 발에서 나를 위해 흘리시는 뜨거운 핏방울이 땅으로 뚝뚝 떨어지고 있습니다.

십자가를 바라볼 때 우리는 마치 오래되어 빛바랜 사진을 보는 것처럼 아무 감흥도 느끼지 못합니다. 십자가 앞에 서서도 예수님의 고통을 느끼지 못합니다. 만약 십자가를 볼 때 예수님의 고통을 조금이라도 느낀다면, 십자가에 달려 신음하는 예수님 앞에서 그저 복을 간구하지는 않을 것입니다. 떨어지는 뜨거운 예수님의 핏방울을 보았다면, 오늘날 교회가 이렇게 병들지는 않았을 것입니다.

우리는 예수님의 피로 죄에서 깨끗함을 받았고(요한일서 1장 7절), 예수님의 피 덕분에 거룩하게 되었으며(히브리서 13장 12절), 예수님의 피로 인해 하나님과 화목하게 되었고(골로새서 1장 20절), 예수님의 피를 의지해 하나님 앞에 담대히 나아갈 수 있으며(히브리서 10장 19절), 예수님의 피를 먹음으로 생명을 유지한다(요한복음 6장 53절)고 성경은 강조합니다. 예수 십자가의 피는 오늘 우리에게 필요한 전부입니다.

텔레비전을 켜면 유명한 목회자들의 설교가 쏟아져 나옵니다. 예수님이 말씀하신 비유와 기적의 사건들을 재미있고 유익하게 풀어 설교해 줍니다. 목사님의 입에서 예수님이 빠지지 않습니다. "예수님 이름으로 기도합니다"라고 마무리도 합니다.

그런데 예수님 이야기도 많고 예수님의 이름으로 기도도 하

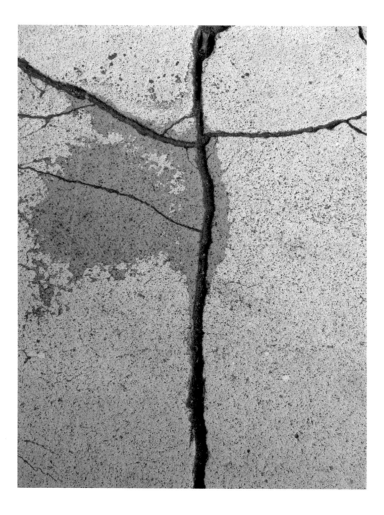

는데, 예수 십자가의 피에 대한 설교는 찾기 어렵습니다. 성도들이 불편해한다는 이유 때문이지요. 그래서 사람들에게 인기 있고 귀를 즐겁게 해 주는 설교들이 주를 이룹니다.

예수님의 비유의 말씀들과 오병이어의 기적도 우리가 마땅히 알아야 합니다. 그러나 예수님의 비유와 오병이어의 기적이 우리를 하나님 앞에 세우는 건 아닙니다. 우리에게 구원의 은총을 주는 것은 오직 예수 십자가의 피입니다. 오늘도 허물 많고 넘어지는 나를 하나님 앞에 세워 주는 것 역시 오직 예수 십자가의 피뿐입니다.

예수님은 그저 은혜롭고 좋은 말씀을 들려주기 위해 이 세상에 오신 것이 아닙니다. 우리에게 새롭고 특별한 종교적인 훈련 방법을 가르쳐 주기 위해 오신 것도 아닙니다. 예수님은 십자가에 죽기 위해 이 세상에 오셨습니다. 예수님 삶의 모든 것은 십자가의 죽음을 향해 달려갑니다.

오늘날 교회에서 선포되어야 할 가장 중요한 말씀은 예수 그리스도의 십자가의 피입니다. 오늘 우리에게 가장 필요한 것은 생명으로 인도하는 십자가입니다.

사도 바울은 십자가의 복음만이 우리를 구원하는 하나님의 능력이라고 강조했습니다.

"유대인은 표적을 구하고 헬라인은 지혜를 찾으나 우리는 십자가에 못 박힌 그리스도를 전하니"(고린도전서 1장 22~23절)라는 사도 바울의 말씀은 참교회를 찾는 우리에게 아주 중요합니다. 유대인들은 특별한 하나님의 표적과 기적을 찾았습니다. 헬라인들은 새로운 철학과 지혜를 찾아다녔습니다. 그러나 사도 바울은 오직 십자가에 못 박힌 예수님을 전했습니다. 십자가에 못 박힌 예수님만이 하나님의 능력이요 지혜이기 때문입니다.

한국 교회는 1천만 성도를 자랑합니다. 그러나 혹 예수님의 십자가의 피가 아니라 표적을 구한 유대인들처럼 더 능력 있어 보이는 것, 지혜를 찾은 헬라인들처럼 더 그럴듯하고 재미난 것을 찾기 위해 교회를 찾은 것은 아닐까요?

우리에게 필요한 것은 하나님의 능력인 예수 십자가의 피입니다. 오늘 우리에게 필요한 것은 예수 십자가의 피가 우리에게 들려준 복음입니다.

예수님은 채찍에 맞아 온몸이 터지고 피투성이가 되셨습니다. 채찍에 맞아 탈진한 몸으로 무거운 십자가를 등에 지고 골고다 언덕을 향한 걸음을 떼기 시작하셨습니다. 예수님은 온갖 욕설과 야유와 비난과 조롱 속에서 골고다 언덕을 한 걸음 한 걸음 올라가셨습니다. 넘어지고 또 넘어지면서도 구원의 길을 열기 위해 걷고 또 걸어 오르셨습니다.

드디어 올라선 목적지, 그곳은 자유가 기다리는 곳이 아니었습니다. 42.195킬로미터를 달려 도착한 마라톤의 결승점은 고통의 끝이요 영광의 목적지이지만, 골고다 언덕은 예수님의 몸을 십자가에 매다는 자리입니다. 예수님은 참혹한 죽음을 향해 힘겹게 올라간 것입니다.

드디어 커다란 십자가에 땀과 피범벅이 된 예수님의 몸이 뉘였습니다. 로마 병사들이 예수님의 양팔과 두 다리 위에 한 사람씩 올라탔습니다. 못이 손과 발을 뚫을 때 고통으로 인한 경련으로 사지가 뒤틀리기 때문입니다.

쇠망치가 하늘 높이 치솟았다가 내려오는 순간 녹슨 못이 연약한 예수님의 손에 구멍을 뚫었습니다. 피가 사방으로 튕겨 나갔습니다. 골고다 언덕에는 예수님의 비명으로 가득했습니다. 발에 못을 박히는 고통은 더 컸습니다. 한 개의 못으로 두 발을 나무에 박기 위해서는 망치를 천천히 여러 번 내려쳐야 하기 때문입니다. 예수님의 손과 발에 커다란 네 개의 구멍이 뚫렸습니다. 부활하신 예수님을 의심하는 도마에게 손을 넣어 보라 하시던 바로 그 구멍입니다.

제주도 바닷가에서 십자가를 만났습니다. 커다란 바위에 깊이 새겨진 십자가였습니다. 예수님의 처절한 고통이 온몸으로 전해 오는 십자가였습니다.

사도 바울은 자신의 몸에 "예수의 흔적"(갈라디아서 6장 17절)을 지녔다고 말했습니다. 예수님을 따라 가난하고 청빈한 삶을 살아간 성프란치스코에게 어느 날 예수님의 흔적이 생겼습니다. 프란치스코의 두 손과 발과 옆구리에 십자가에 못 박히고 창에 찔린 흔적이 생긴 것입니다. 프란치스코의 손과 발에 난 예수님의 흔적은 피와 진물이 흐르며 심한 통증이 밀려오는 상처였습니다. 성프란치스코는 이 흔적을 감추기 위해 손과 발을 붕대로 감고 다녔다고 합니다.

사람들이 보면 예수님을 알 수 있는 흔적이 내게 조금이라도 있을까요? 내 삶에 어떤 예수님의 흔적이 있을까요?

사도 바울은 우리 안에 "그리스도의 형상을 이루기까지 다시 너희를 위하여 해산하는 수고"(갈라디아서 4장 19절)를 한다고 고백했습니다. 십자가는 내 안에 예수님의 형상을 새기는 작업입니다. 조각가가 돌을 깎아 작품을 만들듯, 십자가는 날마다 '나'라는 원석에서 불필요한 것들을 깎아 내 안에 감춰져 있던 예수님의 형상을 찾아냅니다.

오늘 하루는 내 삶에 예수님의 형상을 새기는 시간입니다. 십자가를 지고 예수님을 따르는 것은 내 안에 예수님의 형상을 만드는 것입니다.

예수님의 이름을 부른다고, 예수님의 이름으로 기도한다고 내 안에 예수님의 형상이 생기는 것은 아닙니다. 하늘 영광을 버리고 낮은 세상으로 내려와 우리의 아픔을 보듬어 안은 예수님처럼 내 자리, 내 권리, 내 인기, 내 이익과 영화를 버리고 낮은 곳으로 달려갈 때, 내 안에서 예수님의 흔적을 보게 될 것입니다. 예수님의 마음으로 세상을 품고 예수님처럼 세상의 아픔을 보듬어 안는 십자가의 길을 갈 때, 사람들이 내 안에서 예수님의 흔적을 보게 될 것입니다.

바닷가 바위에 깊이 새겨진 십자가가 내 안에 새길 예수님의 흔적을 이야기하고 있었습니다. 지워도 지워지지 않는 예수님의 흔적, 거친 파도에도 폭풍우에도, 삶의 어떤 고난에도 지워지지 않는 예수님의 흔적이 우리 안에 있기를 소망합니다.

제주도 바닷가에서
십자가를 만났습니다.
커다란 바위에 깊이 새겨진
십자가였습니다.
예수님의 처절한 고통이
온몸으로 전해 오는
십자가였습니다.

하나님의 비밀

아파트 담장을 지나다 붉은 장미꽃 한 송이가 기대 있는 십자
가를 만났습니다. 머리가 으스러진 형태의 십자가였습니다. 순간
"주님 그 상하신 머리……"라는 찬송가 구절이 떠올라 눈시울이
뜨거워졌습니다.

오, 거룩하신 주님, 그 상하신 머리,
조롱과 욕에 싸여 가시관 쓰셨네.
아침 해처럼 밝던 주님의 얼굴이
고통과 치욕으로 창백해지셨네.
주 당하신 그 고난, 죄인 위함이라,
내 지은 죄로 인해 주 형벌 받았네.
내 주여 비옵나니,
이 약한 죄인을 은혜와 사랑으로 늘 지켜 주소서.(찬송가 145장)

이사야 선지자는 예수님의 고난을 "나를 때리는 자들에게 내 등을 맡기며 나의 수염을 뽑는 자들에게 나의 뺨을 맡기며 모욕과 침 뱉음을 당하여도 내 얼굴을 가리지 아니하였느니라"(50장 6절) 하며 수염이 뽑히고, 뺨을 맞고, 갖은 욕설과 침 뱉음을 당하실 예수님의 고난을 예언했습니다.

요한복음은 빌라도가 예수님을 채찍질하고 군인들이 머리에 가시나무로 관을 씌웠다고 기록하고 있습니다(19장 1~2절). 가시나무의 뾰족한 가시 때문에 예수님의 얼굴에는 붉은 피가 흘러내렸습니다. 예수님은 우리의 죄를 감당하기 위해 참혹하게 망가지셨습니다. 그분의 상함이 얼마나 처참했을까요?

채찍질을 마치고 빌라도는 예수님을 군중 앞으로 끌고 나와 "이 사람을 보라"(Ecce Homo)고 말했습니다. 우리 신앙의 핵심은 바로 여기에 있습니다. 나를 위해 가시관 쓰고 피투성이가 된 이 사람 예수를 날마다 바라보는 것입니다. 사랑과 인자로 가득한 예수님의 밝은 얼굴만이 아니라, 멍들고 피투성이로 상하신 얼굴, 차마 눈 뜨고 마주하기 힘들 만큼 참혹해진 예수님의 얼굴을 바라봐야 합니다.

주님의 상하신 얼굴을 바라보며 그저 눈물 흘리라는 말이 아님니다. 나를 위해 피투성이가 된 가시관 쓰신 주님을 바라볼 때, 내 욕심 안에 갇힌 신앙을 버리고 나도 십자가를 지고 그분을 따라갈 힘과 용기가 생기기 때문입니다.

우리의 신앙이 탐욕으로 병들지 않기 위해서는 날마다 상하신 주님의 얼굴을 바라봐야 합니다. 그러나 주님의 상하신 얼굴이 전부가 아닙니다. 이사야 선지자는 주님의 상한 얼굴로 인해 사람들이 놀라겠지만, 그 이후 세상의 입을 꾹 다물게 할 놀라운 일이 일어나리라고 부활의 영광을 이야기했습니다.

"14전에는 그의 모양이 타인보다 상하였고 그의 모습이 사람들보다 상하였으므로 많은 사람이 그에 대하여 놀랐거니와 15그가 나라들을 놀라게 할 것이며, 왕들은 그로 말미암아 그들의 입을 봉하리니, 이는 그들이 아직 그들에게 전파되지 아니한 것을 볼 것이요, 아직 듣지 못한 것을 깨달을 것임이라."(이사야 52장 14~15절)

십자가는 참혹한 죽음이 전부가 아닙니다. 그저 예수님의 고통을 보며 함께 슬퍼하라는 말씀만이 아닙니다. 하나님은 십자가의 처참한 고통을 통해 우리에게 부활의 영광과 하늘의 기쁨을 예비하셨습니다. 우리는 십자가 안에 깊이 숨어 있는 하나님의 비밀을 보아야 합니다.

상하신 주님 머리에 기대고 있는 장미 한 송이가 하나님의 비밀을 전해 주고 있었습니다. 우리 가슴을 뛰게 하는 하나님의 놀라운 비밀이 무엇일까요?

생텍쥐페리(Saint-Exupéry)가 쓴 《어린 왕자》의 장미 이야기에서 하나님의 놀라운 비밀을 엿볼 수 있습니다. 어린 왕자에게 한 송이 장미꽃이 그토록 소중했던 까닭은 장미의 아름다움 때문이 아니었습니다. 물을 주고, 벌레를 잡아 주고, 바람을 막아 주던 정성과 사랑이 어린 왕자에게 장미꽃을 그토록 소중하게 만든 것입니다.

내가 하나님의 기쁨이 된 것은 하나님께 드린 나의 열심과 헌신 때문이 결코 아닙니다. 오늘도 넘어지고 허물 많은 내가 하나님의 자랑스러운 딸 아들이 된 이유는 나를 향해 쏟아 부으신 하나님의 사랑이 너무도 컸기 때문입니다. 하늘 영광 다 버리고 이 땅에 내려오신 예수님의 사랑 때문입니다. 나의 죄악으로 인해 주먹에 맞고, 침 뱉음을 당하고, 채찍에 맞고, 가시관을 쓰고 피 흘리며 그 얼굴까지 상하셨기 때문입니다. 온몸을 갈기갈기 찢기시며 십자가에 달려 돌아가시기까지 내게 쏟아 부으신 예수님의 그 크신 사랑 때문입니다.

하나님의 비밀은 나를 향한 하나님의 사랑이 내게 가치를 부여한다는 것입니다. 하나님이 나를 너무 사랑하셔서 하나님의 사랑스런 자녀라는 놀라운 가치를 선물로 주신 것입니다.

빌라도가 채찍에 맞은 예수를 사람들에게 끌고 나와 '이 사람을 보라'고 외쳤습니다. 많은 사람들이 채찍에 맞은 예수님의 고통만 바라봅니다. 그러나 하나님의 사람은 예수님의 상하신 머리를 통해 우리에게 주시는 하나님의 놀라운 영광을 바라보며 기뻐합니다.

상하신 예수님을 바라봄이란, 그의 고통을 통해 함께 십자가 길을 걸어갈 용기를 얻고, 내게 쏟아져 들어오는 하나님 사랑의 놀라운 비밀의 기쁨을 누리는 것입니다.

예수님과 함께 걷는 골고다의 길

매년 봄이면 부활주일을 맞이합니다. 그러나 부활의 기쁨과 감격이 별로 없습니다. 내 안에 부활의 소망도 없습니다. 예수 고난의 십자가가 내 안에 없기 때문입니다.

십자가는 부활의 문을 여는 열쇠입니다. 내가 예수님의 고난을 깊이 알 때 나를 향한 예수님의 사랑을 더 뜨겁게 느낄 수 있습니다. 2천 년의 기독교 역사에서 최고의 영성훈련 방법은 예수님의 십자가 고난을 깊이 묵상하는 것이었습니다. 신앙의 대가들은 예수님의 십자가 고난을 묵상하며 예수님과 하나 되는 놀라운 영적 체험을 했고, 예수님과 동행하는 삶을 살았습니다.

강원도 속초 시장에 잠시 들렀다가 사람들의 손도장이 찍힌 관광 홍보물을 보았습니다. 십자가를 지고 골고다 언덕을 오르시며 넘어지고 깨져 멍들고 피범벅이 된 예수님의 손이 보였습니다.

감람산에서부터 예수님의 고난의 길을 함께 걸어 보겠습니다. 예수님의 고난을 깊이 알게 될 때 삶의 위로와 힘을 얻게 되고, 십자가를 지고 예수님을 따르려는 용기가 생기기 때문입니다.

예수님이 감람산에서 땀이 핏방울이 될 만큼 간절히 기도하시던 날 밤, 제사장이 보낸 군졸들이 오자 제자들은 다 도망갔습니다. 예수님은 제자들에게 버림받고 외톨이가 되었습니다. 예수님은 밧줄에 묶여 대제사장의 뜰로 끌려갔습니다.

마태복음은 "예수의 얼굴에 침 뱉으며 주먹으로 치고 어떤 사람은 손바닥으로 때리며"(26장 67절)라고 기록하고, 누가복음은 "사람들이 예수를 희롱하고 때리며, 그의 눈을 가리고 물어 이르되, 선지자 노릇 하라. 너를 친 자가 누구냐 하고, 이 외에도 많은 말로 욕하더라"(22장 63~65절)고 기록하고 있습니다.

하나님의 아들 예수가 얼굴에 침 뱉음의 모욕과 주먹으로 맞고 손바닥으로 뺨을 맞는 고통을 당했습니다. 사람들로부터 쏟아지는 수치스러운 욕과 조롱을 당해야 했습니다.

아무 잘못이 없음에도 누군가에게 욕을 먹게 되면 분노가 치

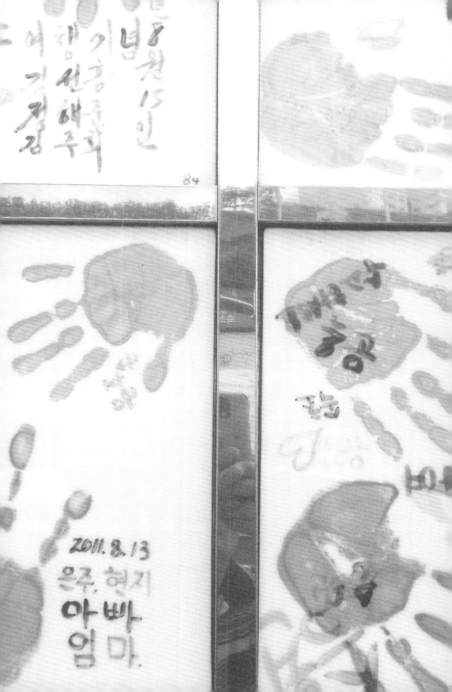

밀어 오르고 억울한 마음이 들어 잠을 이루지 못합니다. 만약 이유 없이 뺨이라도 맞는 일이 생긴다면 곧바로 내 손도 올라갈 것입니다. 그러나 예수님은 침 뱉음과 쏟아지는 욕설과 날아오는 주먹과 뺨따귀를 묵묵히 감내하셨습니다. 기꺼이 그들의 조롱거리가 되셨습니다.

날이 밝자 예수님은 빌라도의 군인들에게 넘겨져 처절한 고문을 당하기 시작합니다. 로마 군인들은 예수님을 채찍질한 후, 피 흘리고 계신 예수님께 붉은 망토를 입히고 가시나무로 관을 만들어 씌우고 유대인의 왕이라며 놀리고 침을 뱉고 갈대로 가시관 씌운 머리를 때리기도 했습니다.

기록에 의하면, 당시의 채찍은 막대기 끝에 4~7가닥의 가죽 줄이 있고 그 가죽 줄 끝에 쇠나 동물의 뼈 조각을 매달았습니다. 가죽 끈만으로 된 채찍에 맞아도 살이 패여 나갑니다. 그런데 가죽 줄 끝에 매단 뼈 조각은 맞는 자의 살을 후벼 팔 뿐만 아니라 뼈가 부서질 듯한 죽음의 고통으로 몰고 갑니다.

예수님의 팔을 기둥에 묶고 병사들이 예수님의 앞과 뒤에서 번갈아 가며 채찍을 내리쳤습니다. 채찍이 허공을 가르며 예수님의 몸을 내리칠 때마다 예수님의 입에서는 고통의 신음소리가 흘러나왔습니다. 머리에서 발끝까지 채찍에 맞은 예수님의 몸은 성한 곳이 없었습니다. 사방이 예수님의 몸에서 떨어져 나온 살점과 핏물로 흥건했습니다.

빌라도는 채찍에 맞아 온몸이 찢기고 멍들고 피투성이가 된 예수님을 가리키며 '이 사람을 보라'고 했습니다. 그러나 제사장들과 이스라엘 백성들은 그것으로 성에 차지 않았습니다. 그들은 '십자가에 못 박아 죽이라'고 소리 질렀습니다.

채찍의 고문만으로도 죽음에 이르는 고통이었습니다. 그러나 예수님은 채찍에 맞아 이미 탈진한 상태에서 십자가를 지고 가셔야 했습니다. 예수님은 살이 터지고 찢어진 어깨에 무거운 십자가를 졌습니다. 그리고 있는 힘을 다해 한 걸음 한 걸음 내딛기 시작했습니다.

십자가를 지고 골고다 언덕을 오르는 고통은 말할 수 없었습니다. 땅에 길게 끌리는 통나무가 울퉁불퉁한 돌길에 튕길 때마다 그 울림이 어깨로 파고들었습니다. 채찍에 맞아 피투성이가 된 등과 어깨 위에 얹힌 통나무는 찢어진 살을 더 후벼 팠습니다.

몇 걸음 가지 않아 심장은 쿵쿵 뛰기 시작했고, 입에 침이 마르며 목이 바짝바짝 타들어 가기 시작했습니다. 채찍에 맞아 너덜너덜해진 몸으로 십자가를 지고 이스라엘의 뜨거운 태양 아래 골고다 언덕을 오르는 길은 죽음보다 더 힘든 여정이었습니다.

사람이 피를 흘린 뒤에는 심한 갈증을 느낍니다. 예수님은 심각한 갈증에 허덕이며 십자가를 지고 골고다 언덕길을 오릅니다. 그러다가 마침내 십자가의 무게를 견디지 못해 넘어지셨습니다. 지쳐 넘어진 예수님을 향해 로마 병사의 욕설과 함께 채찍이 날아왔습니다. 길가에서 구경하던 사람들의 조롱과 멸시의 웃음소리도 가득했습니다. 그러나 예수님은 십자가의 길이 너무 힘들다고 중도에서 포기하지 않았습니다. 다시 일어섰습니다. 몇 걸음 더 가던 예수님이 십자가를 등에 진 채 그대로 엎어지고 말았습니다.

로마 병사들은 마침 곁에 지나던 구레네 사람 시몬에게 예수님의 십자가를 대신 지게 했습니다. 이는 예수님을 위한 것이 아니었습니다. 십자가에 못 박혀 죽어야 할 죄인이 십자가에 달리기 전에 죽으면 그 책임을 호송하던 병사들이 져야 했기 때문입니다. 그만큼 예수님은 자기 몸 하나 가누지 못할 정도로 탈진한 상태였습니다.

골고다 언덕을 다 올랐습니다. 언덕 위에는 이미 십자가가 세워질 구덩이가 파 있었습니다. 사형 집행인들이 예수님의 옷을 벗겼습니다. 채찍에 맞아 찢어지고 터진 상처에 눌러 붙어 있던 옷을 강제로 벗기면서 예수님은 또 다시 살이 찢어지는 고통을 당했습니다. 하나님의 아들이 사람들 앞에서 벌거숭이가 되는 수모를 겪었습니다.

"거기 너 있었는가, 그 때에 주님 그 십자가에 달리 때……
오, 때로 그 일로 나는 떨려 떨려 떨려. 거기 너 있었는가 그 때에"(찬송가 147장).

예수님이 십자가에 달리실 때, 나도 그 자리에 있었는지 묻고 있습니다. 이제 우리는 십자가를 바라볼 때, 예수님의 신음소리를 들어야 합니다. 오늘도 나를 위해 흘리시는 예수님의 붉은 핏방울을 보아야 합니다. 예수님이 십자가에 못 박히신 것은 바로 나를 위한 고난이기 때문입니다.